# 凝視

田威寧

著

謹以此書獻給

彭自強

陳美桂

戎奕瑄

# 自序
# 自己的文章

今年三月的某個夜裡，在上海住處的社區門口跌了一跤。剛從大賣場回來，雙手提重物，因此來不及做出任何反應便直直往下摔，最先著地的竟然是臉！回到賃居處，在浴室照鏡子——右嘴角與右臉頰整個腫起，腫起處還在流著血。我第一反應是對著鏡子大笑——怎麼這樣狼狽！好像電視上被狠揍一頓的人。簡單地用清水洗了傷口，用衛生紙壓個一兩分鐘血似乎也就止住了。

就這樣去睡了。

隔天是週日，一睜開眼，臉部傳來一陣疼痛，再立在浴室的鏡子前時，我笑不出來了——眼角與嘴角有極明顯的傷口，尤其嘴角有一條凝固得坑坑疤疤的血塊，順著嘴角的弧度往上延伸兩至三公分，像是日本的裂嘴女妖，又像是小丑。

週一戴著口罩上班，被誤認在這乍暖還寒的季節感冒了。週二，同事們細問才知道我原來是臉部有傷，且每個人都非常訝異我既沒有去看醫生，也沒有擦任何藥。我在口罩後頭帶著笑說：「反正你們都知道我的臉皮厚！」年紀稍長的同事急忙嚴厲地說：「這是臉上的傷口，不可以這麼隨便！」在諸多好意下，我頓時有了專門使傷口癒合以及淡化疤痕的特製藥，已經化膿的嘴角在擦了藥後立刻收口結痂。幾天之後，痂脫落了，顴骨與嘴角留下無法被忽視的疤。拿下口罩吃東西時，被辦公室裡不知情的訪客提醒：「嘴角有髒東西，擦一下。」同事馬上安慰我：「現在整形美容很發達，這疤根本不算什麼。」我沒接話，只是每天默默地擦那罐去疤膏。每天從早到晚戴著口罩，沒勇氣在認識的人面前拿下，也刻意避開所有照鏡子的機會。

其實我是極在意那兩個疤的。

直到有一天要出門時，發現一盒五十片的日拋式口罩都被用完了，才意識到這樣下去不是辦法，我得接受那兩個疤是自己的一部分。於是，當天抱著壯烈的心情，沒戴口罩便上班了。

迎接我的是熱烈的掌聲與讚許的眼神。其實，疤已經隨著時間的流逝一點一點地淡了；從受傷到現在已經半年了，若不經提醒，許多人根本看不出我的臉部曾受過傷。只是，當時鏡子裡的畫面還是讓我一想到便下意識地別開臉。

發生在自己身上的不好的事，我若非視而不見，便是敷衍過去。然而，越是遮掩，印象反而越深；越是敷衍，受影響的程度反而更大。在校對《寧視》時，我才發現這樣的性格缺陷是從小就有的。幸運的是，我總是遇到好心人送上藥膏。好心人無法讓我跳過生命中無可迴避的小殘小缺，卻總能給予我溫柔的陪伴、無條件的支持與鼓勵——而那些正是我最需要的。如此，我便有摘下口罩的勇氣。

這本書從第一篇到結集恰好過了整整十年。本意是過往深刻記憶的集結，作為一種紀念，可是如今近乎一半的篇幅充滿小傷小疤，其他的，也多是容易惹來淡淡傷感或惆悵的內容。我看了實在羞愧——怎麼把那些小事擱在心裡帶來帶去這麼多年？然而，那些大格局、大人生、充滿哲理與思辨性的大散文，我是無論如何寫不出來的，因為我的確不是那樣的人。我能力所及的，只是把那些蜷在潛意識的記憶，像是在深夜與好友在被窩談心般，絮絮叨叨地寫了出來。

在此深心感謝家人一路的陪伴與支持。感謝北一女中的彭自強、陳美桂老師——兩位母親對我無微不至的呵護與疼愛，我無以為報，她們開啟了我的新人生——是美桂打開了我的眼睛，自強則在我一無所有時給了我一切。感謝北一女中支持我逐夢的校長張碧娟女士，與褚苔伊、林麗雯、潘萌彬、林月貞、陳碧霞、劉慧芳、郭美美、謝智芬、徐秋玲、梁淑玲、區桂芝、劉宇蓁、楊瓊華、羅位育、曾子益老師——感謝這些陪著我長大的好阿姨、好姊姊與好叔叔。感謝政大的柯裕棻老師——這位我最喜歡的老師對我各方面的影響可能超過所有人的想像——老師對我說的話我是刻在骨頭上的，我會拚命走到老師要我去的地方。感謝政大的尉天驄、鄭文惠、馮藝超與陳芳汶老師。尉天驄老師讓我見到長者的溫厚典範，與對文學矢志不渝的理想人格。感謝我最崇拜的台大的鄭毓瑜老師——我一直把和毓瑜老師十年前的合照貼在書桌上，每天激勵自己要好好努力——每讀一本書便彷彿向老師走近一步。我當然距離老師們還很遠很遠，然而我會一天當兩天用，一天比一天成為一個「更好的人」。

謝謝美桂老師與鄭秀逸為《寧視》校稿。謝謝金思妤在上海提供電腦與幫助解決一整年的各種麻煩事。還要特別感謝戎奕瑄——我最嚴格而認真的批評者，她對這些文章一絲不苟的態度，令身為作者的我相當汗顏，書中不少篇章是因她而生，因她而完整——雖然她對這些文章一定還是很不滿意。謝謝戎奕瑄領我看到更廣袤更深邃的宇宙。還有好多好多幫助過我的人，請原諒我沒有辦法在這裡一一寫出每位天使的名字，但我絕不會忘記那些善意與溫暖。最後要感謝兩位編輯：「人間副刊」的主編簡白（簡正聰）先生，他的提攜與鼓勵使我成長。感謝《寧視》的編輯胡金倫先生——我所見過最認真最敬業的人之一——有這樣細膩而專業的好編輯，是《寧視》與我的福氣。

一路上有這麼這麼多貴人陪我踉踉蹌蹌地走來，我實在想不到更幸福的事了。

# 目次

**浴女圖** 47

女子半裸著，殷勤地拿沐浴巾搓揉出白棉花般的泡泡，以一種嫻熟的節奏感幫父親刷背。即便只是霧氣蒸騰中的背影，也透露出父親是正享受著的。

**知了** 55

窗外的「知了」「知了」異常清晰且無限擴大，像無形卻沉重的網劈頭罩了下來，層層疊疊，裡頭滿是不能曝光卻曝光了的內心獨白。

**巴黎的風衣** 65

父親的快活不斷地被複製貼在艾菲爾鐵塔、凱旋門、聖母院、聖心堂的階梯前……。極在意外表的父親在艾菲爾鐵塔前令人意外地首如飛蓬，他說：「巴黎風大。」

**同類** 73

我明白一切都是生不帶來死不帶去，不留戀昨天，也不臆想明天。即便把我扔到懸崖峭壁，我大概都能憑著本能夷然地活下去。

## 【輯二】故舊

### 掌聲響起 83

掌聲果真拍出了休止符，卻也拍出了眼淚。爺爺們大顆的眼淚啪噠啪噠地落下。驚慌失措的變成我了。

### 老家的長牆 91

牆邊的搖椅上總有著爺爺寂寥的背影，日裡夜裡總是悶悶地對著牆低著頭駝著背抽著長壽菸。白霧氤氳中的爺爺像根煙囪，煙霧裊裊而上，越過牆後經過短暫的瀰漫隨即廓清，但菸味仍留了下來，暈染了整面牆，滲進每個磚與磚間的縫隙。

### 猴子 99

猴子坐在牆上的背影被夕陽拉得好長，頭低低的，駝著背，似乎陷入了哲人的沉思；那樣的背影不涉蒼涼，無關悲傷，反而透著來自生命底蘊的靈光。

## 【輯三】滋味

## 【輯四】日常

【輯二】

# 轉徙

# 最好的時光

我們為此吃足苦頭，卻總學不了乖。我和父親一樣對未來充滿高遠的期望，卻又因阮囊羞澀而使遠大的抱負無限延宕。

在父親非常年輕時，可能常忘記他有兩個女兒。

偶爾出現在飯桌上的兩百元是父親回過家的印記，父親停留在天寶年間的物價觀念激發了孩子求生的無限潛力——姊姊會把米桶僅剩的一點米煮成稀飯，教我和著紅糖一起吃，那稀飯的甜味，至今我仍清清楚楚地記得。有一回，姊姊發現廚房的櫃子裡有一小袋麵粉，於是把麵粉倒進大同電鍋的內鍋，加入水，用小小的手攪啊攪。麵粉成為麵糊時，把它拿出來，用全身的重量去擠去揉，像是玩黏土一般，再分成一個個小麵糰，捏成甜甜圈的形狀，起個油鍋，「滋啦——」地一個個下鍋炸，竟好吃又富嚼勁！我和姊姊還頗有興致地從後陽台翻出去，在隔壁人家的屋頂上鋪幾張報紙，在夕陽的餘暉下野餐，直到被路人大聲斥責，才狼狽地翻回家。當什麼都吃完的時候，我們會在嘴唇上抹一圈鹽巴，再急忙地灌水，如此一來裝滿水的肚子就會暫時忘記它很餓。餓到頭昏眼花時，我會到附近的小吃店或自助餐，請老闆煮一碗麵或包一個便當，結帳時再一臉驚慌地說：「忘了帶錢了。」現在回想起來，當時之所以沒有被刁難，大概是我們家的情況早已成為街坊鄰居茶餘飯後的話題。

家裡沒裝熱水器，因為父親不會在家裡洗澡。夏天時還好，洗冷水澡時我和姊姊還會一起唱兒歌，或是互相潑水；冬天時可慘了，一想到要洗澡就頭皮發麻。若運氣好，父親繳了瓦斯費，我們便用湯鍋煮水，再將一鍋一鍋滾燙的熱水倒在浴室的洗臉盆和橘色的水桶裡，半瓢半瓢地舀出來，加點冷水進去，一瓢一瓢千珍萬惜地洗澡洗頭。其實廚房到浴室也不過十步左右的距離，但是對於六、七歲端著滾燙湯鍋的孩子而言，真有咫尺天涯之感。

家家戶戶必備的洗衣機沒有出現在我家，因為父親的衣服全送去乾洗。於是，我和姊姊從小就蹲在浴室的地板，把衣服浸濕後，鋪在木製凹紋洗衣板上，拿南僑水晶肥皂和黑底白毛的硬毛刷子賣力地刷衣服。有時，晚上洗了，遇到雨天，隔天根本來不及乾，偏偏我的小學制服是白襯衫！於是，斑斑漬漬的濕襯衫和布滿污垢的耳背和脖子讓我成為學校的話題人物。很長一段時間，我非常抗拒上學。當然這些父親都無從得知。

在父親的世界裡，只有女人、車子、音樂、跳舞，以及世界上一切美好的事。髒兮兮的女兒、陰暗潮濕幾乎沒有家具的家，父親大概是出自本能地視而不見。

父親心血來潮時會帶我去百貨公司買衣服和鞋子，也會帶我去夜總會吃冰淇淋，但父親從沒問我餓不餓？冷不冷？

我像是從岩石縫裡鑽出的雜草，帶著滲入骨子裡的風霜露水長大。

升上國中才一個多月，父親開的房屋仲介公司被員工虧空公款。父親鋌而走險的結果是不堪地下錢莊的利滾利，於是毅然決然帶著兩個女兒逃向不可知的未來。

我怎麼也沒想到竟是亡命天涯才有了和父親朝夕相處的機會。

記得那天準備要上學，父親突然回來，要我們收三天的衣服，神色慌張地說要帶我們去南部玩。我雖然注意到父親的車換成了白色喜美，卻沒意識到為何父親沿路緊盯著後照鏡。第一天因為完全狀況外，也不知父親全部的財產只剩八百元，我在高速公路的休息站買午餐時竟然還買了水果拼盤，父親看了差點昏倒，卻也沒罵我。

吉普賽人的生活過了將近一個月，中間我們拜訪了幾位父親失聯多年的朋友，得到一點微薄的路費，當然，父親很早就把租來的車棄置在路邊，而改乘火車和搭公路局了。

逃亡期間我印象最深的是一位黑黑矮矮壯壯、左手掌萎縮的叔叔。父親說叔叔的手中彈後就變成那樣。那個叔叔綁著小馬尾，叼根菸，耐心地聽父親講他的遭遇，並不時為父親斟茶，抓把瓜子給我和姊姊。父親講著講著突然掉下淚，那時我才知道原來我心中的巨人也會哭。後來在花蓮的一家冷凍食品廠落了腳，食品工廠的老闆娘讓我們住在一間鐵皮屋。一向愛漂亮的父親換上橘色工作服，穿上雨鞋鋸鹿鋸羊，在偌大的冷凍櫃裡搬貨搬到長凍瘡，姊姊每天把一箱箱的骨腿清腿棒棒腿浸在鹽水裡，手都浸皺了。而我總是在旁邊看，父親從不讓我做事。即便如此，我仍瘦成一把骨頭，每晚在被雞啄被牛踩的夢魘中尖叫著醒來，枕頭都濕了。

才以為安定了，父親透過「生命線」求助，把我的學籍遷來花蓮。於是我在花蓮吉安鄉讀了將近一個月，同學都叫我「平地人」。買了制服才一個禮拜又要連夜逃跑，因為我打電話給以前的同學敘舊談心，沒想到親戚同學朋友的電話全被監聽。

輾轉來到台北，父親說：「人越多的地方越安全。」

頭幾晚住在木柵巷子裡的一家小旅社，又舊又暗又爛一晚五百元。旅社一樓放了排木頭長凳，上面坐著幾個化濃妝的中年應召女郎，百無聊賴地蹺著腳抽著菸，年紀最大的那個會對我噴菸圈，讓我猛咳嗽。父親千叮嚀萬囑咐他不在時誰敲門都別開，而且，一定要把門鏈扣上。日裡夜裡任何輕微的腳步聲與敲門聲都會牽動神經末梢，父親總在床上翻來覆去直到深夜，翻出了好多白頭髮。那段日子真像在演港片。

父親和當兵時的同梯終於搭上線了。我們到他萬芳社區的家中商量未來，那人的姊姊在警界服務，但回說：「沒有辦法幫上忙。」不過借了八千元讓父親買輛中古偉士牌。我坐在前面，即使是等紅燈的片刻父親也會不自覺抱住我。

失學的後半年在萬芳醫院旁賣小吃。每天和父親一起煮粉圓，一起做泡菜，一起推著攤車躲警察；收攤後一起去吃麵，再一起坐著快解體的小發財車回家，搖著晃著我常常就這樣睡著了。

隔年我終於回到校園，同時搬到傳統市場上面的小閣樓。那個小閣樓沒有廁所，屋頂漏水牆壁滲水，屋簷下有蜂窩，腐鼠味濃得嗆人，生活環境比照一樓待宰的雞。那時我在回家的路上都和同路的同學說說笑笑，等到同學都各自隱沒在黑暗中之後，我才默默往回走。穿過豬肉攤雞籠酸菜桶蔬菜架，踏著污水上樓。一推開門，吊著的燈泡發出鵝黃色的光。我每天趴在紙箱上寫功課，每本參考書都是跟同學借來的，但我是如此珍惜學校生活，也喜歡看到父親拿到成績單時彎成新月的眼睛。

為了躲避討債者的天羅地網，父親只能讓我念私立中學。那幾個學期，每次都因為遲交學費，害眾多富家子和嬌嬌女晚回家。當父親滿頭大汗捧著好不容易借來的錢衝進教室時，我只想緊緊抱住他。

高中時因房租的關係到處搬家，從新生北路搬到東湖又搬到內湖，坐公車到學校幾乎是台北半日遊。父親為了讓愛賴床的我多睡點，每天載我上學。在車上我的嘴沒停過，他總是耐心地聽、發問與微笑。到學校時，一定在車上目送我進校門才揮手離開，吃東西時會幫我把蓋子掀開、筷子擺好、吸管插好、垃圾收走，進餐廳時幫我拉開椅子，上車時幫我打開車門，到目的地時讓我先下車自己再去停車。我的事他全程參與，球賽時來當教練帶我們練球練到手快脫臼，比賽時來當裁判。找我的電話總會被父親興高采烈地攔截個十幾分鐘才輪到我。

高中時猶如脫了韁的野馬，每天玩得不亦樂乎，課業敬陪末座的我讓老師們很擔心。父親卻總是客氣而堅定地告訴老師：「請讓我的女兒自由自在，等她想念書時自己就會念了。」開家長會時馬上被選為班級代表，家長們對他的評價都是氣宇軒昂、儀表堂堂，沒人知道他坐著二手BMW上學的女兒常得在家裡收集好回家的公車錢才能來上學。父親當家長代表時發起樂捐，自己率先捐五千元給需要幫助的孩子，但我前一天和後一天都沒有錢吃午餐。我一直過著很奇怪的生活，金玉其外但裡頭全是敗絮。

父親在姑姑的資助下開了家一人旅行社，毫無成本概念的父親又把自己弄得渾身是債。即使我沒錢繳學費沒錢吃飯，父親都堅持招待被其他旅行社拒收的病童出去玩，讓他們不會覺得自己不一樣。父親說他帶三十個心臟病童去中部的牧場玩，那些病童瘦小蒼白，他們在親手做奶酪時因使勁而紅潤的臉，嚐到成品時花似的笑靨，讓他深為感動。

「九二一大地震」的隔天，我回到家之後無論怎麼按電燈都不亮，知道父親一定是又繳不出電費了。不久，接到父親的電話，說他在樓下要我去幫忙，原來他召集著整個東湖的居民捐獻物資，由他出錢雇車載到南投。我一邊搬礦泉水泡麵罐頭睡袋，一邊問：「到底是誰比較需要救濟呢？」父親不慍不火地說：「我們有住的地方已經很好了，你知不知道災區的人連睡覺都得提心吊膽？」我回：「可是我們房子是租的，房東說再不繳房租就要趕我們走。」父親又說：「這個爸會想辦法，小孩子不用擔心錢的事。」從小我愛撿流浪狗和流浪貓回家，父親從不罵我，反而幫我買籠子買飼料、帶小動物去打預防針，再一起幫小可憐想個好名字。我常想父親如果生在古代，一定每天都在造橋鋪路和發粥。

高中時身體弱常去醫院，護士和父親相熟，護士每每要讓我免掛號排第一個，但父親知道我不喜歡走後門這套所以代我拒絕了。上大學時父親送我一輛機車當生日禮物，老闆說他選的那款女兒一定不會喜歡，因為不是最新型的。父親回：「也許別的年輕人是這樣，但我女兒不是。」父親永遠支持我的決定，鼓勵我做自己想做的事，唯一的例外出現在大學聯考填志願卡時。我從小就夢想成為一位國文老師，那晚父親卻希望我填法律系為第一志願。父親說現在社會上缺乏好律師，有錢人請有名的律師就能打贏官司。他希望我進法律系好好念書，將來為窮人免費辯護，為弱勢族群爭取權益謀福利。我問父親為什麼覺得我適合當律師？父親不假思索地說：「因為你正直善良有正義感，不受世俗價值影響。」我告訴父親在我成為老師之後，一屆至少為台灣培養兩位他期待的好律師。父親同意了，回：「別人的話，我不敢講；但是，如果是你，就一定能做到。」

無論生活再怎麼艱困，父親都希望我把眼光放遠，並不斷提醒我：「只要是錢能夠解決的都是小事，錢再賺就有了；因此，不管自己有沒有能力，都要幫助需要幫助的人。」大概是聽久了，我發現我對金錢的概念薄弱得可怕，永遠在寅時就把卯時的糧食都吃完了。並且，即便再怎麼困窘，都不願意為了賺錢而勉強自己做不喜歡的事。「不把錢當錢」這點與父親簡直是毫無二致。我們為此吃足苦頭，卻總學不了乖。我和父親一樣對未來充滿高遠的期望，卻又因阮囊羞澀而使遠大的抱負無限延宕。如同姑姑對父親的評語——樣樣都會，一事無成。

案頭的書怎麼樣也讀不完，常常在一陣混沌中天就自顧自地亮了。看書看著看著出了神，會跳出父親的臉——那是在我小學六年級的時候，我趴在桌上寫作文，父親走了過來，在稿紙上畫了一張農場的簡圖，問我要養什麼動物？雖然歪歪斜斜的比我畫的還糟，但仍看得出來有牛有馬有羊，還有我最愛的貓和兔子。父親說他的夢想是在東部開一家農場，不過要等存到五百萬。

那個畫面的父親，眼睛好亮！

# 背包

一個背包一盞檯燈，我就這樣離開了家。沒有留張字條告訴父親我走了，因為我知道其實不需要。那段日子裡，父親也沒有打電話找過我。

在好友家聊得興起，渾然不覺夜已央。「今天就住在我家吧。」我說：「也好。」接著從背包裡拿出毛巾牙刷和換洗衣物，洗完澡，從背包裡拿出一本小說。

好友睜大了眼：「你本來就打算在外過夜？」我回：「沒有啊。」朋友又問：「那你怎麼把整個家都背在身上？」

九二一大地震那年，國內旅遊業受到重創，兼以大環境景氣低迷，導致父親前債未清後債又積，既是旅行社老闆又是接線生，也同時是領隊和遊覽車司機。那段日子家中低氣壓籠罩，電話總是獨自響起，又獨自結束。那段時間，每次父親洗完頭，浴室地板都是他的頭髮。餐桌上父親以皺著的眉頭與沉默佐餐。儘管如此，父親仍不願意告訴我任何不開心的事，因為父親和我一樣，一廂情願地以為只要不是從自己的嘴巴講出，一切不想發生的都是鏡中月或水中花。只要不承認，一切便有轉圜的可能。

偏偏是在那樣的危急存亡之秋，父親突然拿張喜帖給我，說他要結婚了。大概是太過震驚，一時之間我所有的表情都進退不得。我以為自己在作夢，偏偏車裡的廣播、父親身上的味道，都讓我知道「這是真的」。那張喜帖像是某部恐怖電影的預告片，無論我想不想看，一週後即將上映。

在某個同時換氣的空檔，我鼓起勇氣問父親：「你們結婚後，會再生小孩嗎？」父親幾乎是想也不想地說：「爸爸不要其他的孩子。」

五個月後，小我二十一歲的弟弟出生了。

也許所有的事情在崩壞之前都會有一些預兆，只是我選擇視而不見罷了。

父親為了陪弟弟吃晚餐，每天一定趕在天黑前回家。在我為了幾百元的鐘點費，一下課便從木柵騎摩托車飆到汐止教小學生數學時，父親帶著妻兒去吃歐式自助餐，為心肝寶貝慶生。當父親告訴我這件事時，一點也不彆扭，反倒是我掛著僵硬的笑，聽完速速回房間，我怕他再說下去我的眼淚就要不爭氣地掉了。從那年開始，父親就只記得弟弟的生日了。

有一天，父親和他的妻有要事外出，拜託我在家陪弟弟。那是我和弟弟唯一一次的獨處。電視機裡西瓜哥哥和水蜜桃姊姊堆滿笑容跳著簡單的韻律操，弟弟一邊看一邊跟著跳。門一關上，鑰匙轉動的喀喀聲結束之後，不到三歲的弟弟卻突然慢慢地轉過頭來，然後指著我，大叫：「你是誰？為什麼在我們家？」至今我仍無法確切地用文字描述我當時的震撼，但我記得非常清楚我當時全身起了雞皮疙瘩。弟弟那時的眼神像是一根針，直直地刺進我的心臟。

沒多久，我們又得搬家了。父親說新家就在附近，圖它是臨街的一樓，也許可作點小生意，而且，房租便宜。父親接著說：「不過房間非常小，東西盡可能丟掉，不然放不下。」我問：「小到什麼程度呢？」父親眨了眨眼，說：「大概就只能放一張床。」停頓了一會兒，補充：「可能連書桌都沒得放。」幾乎是一夜之間，我的成長史只剩下幾個皺皺的紙箱。

那晚父親和他的妻直接跟我約在三重的新家門口。拉開鐵捲門，昏黃的燈光下堆著高高低低的紙箱，還有幾個大灰鐵櫃，壁紙早已掀了角，中間有許多變形蟲似的黃色水漬。房子非常潮濕，空氣中濃濃的霉味來自隔間的木板與低低的微微傾斜的天花板。約莫十五坪的房子看來非常衰老與疲憊，彷彿我只要用力打個噴嚏就會震歪哪根梁或哪根柱。

新家其實只有一個房間。

父親用公司擺文件夾的大灰鐵櫃當作屏障，擋出恰好可以放一張單人床的空間。其實父親並未指定我睡在哪裡，但我當然明白鐵櫃後的小區塊睡不下另外三個人。

當晚父親把鑰匙交給我之後，便火速跨上摩托車走了，走時頭低低的，一次也沒有回頭。我知道父親清楚我正望著他的背影。

那晚我一個人坐在髒兮兮的床墊上放聲大哭。牆角的時鐘喀喀喀喀地發出響聲，我突然一陣暈，衝到廁所伏在洗臉盆前吐胃酸。

隔天他們住了進來。他們和我睡的地方只隔一片薄薄的木板，講什麼都聽得一清二楚。白天是天倫樂，夜裡是弟弟石破天驚的哭聲。

我非常清楚這個家多了我反而變得不完整了。

趁著家中只有我一個人時打包，除了從浴室傳來的水管漏水聲之外，我只聽到自己吸鼻子的聲音。在背包裡塞了兩件換洗衣服、考研究所必備的幾本書、證件，以及所有不該帶著的忿懣與怨恨。那時才驚覺原來所有的東西都沒有我想像中的重要，在關鍵的時刻，一切都是生不帶來死不帶去，我只剩下自己。不過，在拉起鐵捲門後，我畢竟還是折了回來，拿了一盞黑檯燈——那是我剛上大學時父親送我的，說我喜歡看書，需要好一點的檯燈，於是幫我選了盞沉底座的黑檯燈。

一個背包一盞檯燈，我就這樣離開了家。沒有留張字條告訴父親我走了，因為我知道其實不需要。那段日子裡，父親也沒有打電話找過我。

一段時間之後，算準不會有人在家時回去，想再拿幾本書和幾件冬衣。拉開鐵捲門，一樣是那顆昏黃的燈泡，燈泡下一樣是高高低低的紙箱。流理台堆著待洗的碗，浴室的水龍頭依舊關不緊，滴滴答答。一切在乍看之下都跟我離開時沒什麼兩樣，然而我知道一定有了某些改變，否則我的眼皮不會從一進門就跳個不停。

我的床不見了。地方實在太小，浪費一丁點兒都是令人心驚肉跳的奢侈。

從那時開始，我就把自己當孤兒了。

離家的日子過得比想像中的快，這些年我簡直是自由到極點，想搬就搬，不需要和任何人商量，付了租金簽了約便換個地方刷牙洗臉睡覺，處處無家處處是家。只是，我出門時總習慣背著一個大背包，裡頭裝著換洗衣服、毛巾、梳子、手機和充電器、書、皮夾、證件、剪刀、隨身聽、鉛筆盒、眼鏡和筆記型電腦。背包一打開隨時可以立地成佛。如果可以，我還想背著那盞黑檯燈。

# 搬家

該是悠長如永生的童年在顛沛流離的生活中成了繁弦急管。平均不到一年就得搬一次家，所有的地方因此都不能稱為家，不過就是一個落腳處。

生活有太多的瑣瑣碎碎，有些滲進生命的底層，成了有機的一環，有些則天女散花似地將人籠在五顏六色裡，但這樣的絢麗倏忽即逝。東西越搬越少證明了有太多東西沒想像中那般重要——在消失的同時反而現出原形——這是生命的弔詭。

常常搬家的人不易想像縹緲的未來，但看得透澈想得開。

被叮叮噹噹的風鈴聲喚醒。滿室生輝，斜射進來的陽光讓人才睜開眼便得瞇著，一時之間竟不知自己身處何方，幾個地名在腦中幻燈片般一一閃過。滿身汗臭與滿屋子灰塵味，亂髮橫七豎八黏著臉龐，看到堆著的各種櫃子與高高低低的紙箱，方才記起全身痠痛的原因。

我的成長史是一連串的蒙太奇，因為父親體內竄著的是游牧民族的血液。

父親常常換工作，帶著我四處住。習於當轉學生的我早已發展出一套大方得體的自我介紹，也很習慣在短時間內融入一個新群體，然而我仍然改不掉自言自語和獨處的習慣。有一次自然老師發給每個小朋友一片落地生根，要我們拿回家埋在土裡，說這種植物隨便怎麼種都能活得很好，因此叫落地生根。我拿回去後埋在巷口的榕樹下，即使明明知道自己是絕對來不及證實老師講的是不是真的。不過，就算是真的，其實我也不會覺得有什麼稀奇。

本來就是在哪裡都能夷然地活下去啊。

父親不常回家，即便回家也通常是好晚好晚了。而我常常因為忘了帶鑰匙而回不了家，總是在巷口的小公園一個人盪鞦韆盪到明月高掛。我突發奇想，把公寓樓下鐵門和家裡大門的鑰匙串在一起，再綁條繩子繫在脖子上。有一回父親看見了，用難得的嚴厲口氣要我馬上拿下來，並說以後絕對不可以再這麼做。之後父親比較常回家了，但再之後又一樣了。

該是悠長如永生的童年在顛沛流離的生活中成了繁弦急管。平均不到一年就得搬一次家，所有的地方因此都不能稱為家，不過就是一個落腳處。我不怪父親，因為雖然說來有點奇怪，但我很早就意識這樣的生活僅是一種前奏曲——預示父親很快就會離開；更奇怪的是，我必須不斷地說服自己這樣沒什麼不好，因為父親是像風一樣的男子——風起了，風停了，看似瀟灑卻是風自己也不能控制的。

所以長大的我背著一個背包離家了。

離家之後跟父親見面的次數可以數得出來。我知道父親過得不太好，雖然他總報喜不報憂，雖然他每次出現都風度翩翩，雖然父親的微笑始終那麼迷人。

大學畢業後的某一天，父親突然打電話給我，約我一起吃午餐。電話很簡短，但我隱隱約約感到父親要跟我講一些什麼，出門前我特別檢查是否帶了提款卡。整頓飯父親都沒有提到什麼特別的事情，雖然有幾次欲言又止，畢竟還是吞了回去。那次我堅持要由我去結帳，父親竟沒有拒絕；我多點了一份大餅捲牛肉讓父親帶回去，父親竟也沒有拒絕。

飯後父親問我：「現在住在哪裡？」我說：「目前住在木柵，你呢？」父親說：「這幾個月住在三重。」我以為父親會送我回去，父親卻說：「那好，我們一起走到捷運站。」沒想到最愛車的父親連車都沒了。

走往捷運站的路上，我刻意放慢腳步，因為我非常清楚下一次要這樣和父親靜靜走上一段，不知要等到何年何月。父親那天的腳步特別沉重，我的眼角餘光帶到父親灰灰皺皺的皮鞋與沒有摺痕的褲腳，感覺十分突兀——身邊真的是那個總要對鏡許久才出門的父親？正值附近的小學放學，兩人身邊突然出現好多小朋友。一位年輕的父親右手牽著孩子，左手提著書包，眼睛被陽光照成一條線。孩子戴著鴨舌帽，額頭與耳鬢都是汗，閃著亮光。小孩沿著人行道的水泥邊界一步一步踩著，堅持走直線，大聲唱著老師剛剛教的歌，手中的水壺晃著晃著，一閃一閃，和太陽押韻。我和父親看著那個畫面，同時陷入恍惚，然後，在同一秒發現對方的出神狀態，同時乾咳兩聲。我帶著笑淡淡地說：「我都忘了我小時候的事了。」父親沒接話，但他的眼底有些什麼，嘴角微微抽動。於是我跑開了。

打開窗子，掃了地，擦了桌子和地板。在風鈴的叮叮噹噹中一一撕開紙箱的膠帶。把書和衣服放好，拿出筆記型電腦，讓日用品各就各位。非常有效率地只剩下最後一個有黑色奇異筆記號的箱子了，我抱著一種虔誠的心情打開——裡頭是一盞黑色的檯燈，那是高中畢業時父親送的禮物。檯燈的底座有點兒沉，全身黑，沒有任何裝飾，有兩根長燈管，可以調三種亮度，無論哪一種都是既明亮又柔和。買回來的那天，父親幫我把檯燈放在書桌左側，叫我坐在書桌前面，依我的身高調整燈脖子的傾斜度。父親說這盞檯燈很乖巧，老闆說要弄壞得花很大的工夫，所以它可以陪我讀很多很多書。

這些年來無論我搬到哪裡，丟掉多少東西，桌上始終立著這盞黑色的檯燈。

這樣父親就一直在我身邊。

# 浴女圖

女子半裸著，殷勤地拿沐浴巾搓揉出白棉花般的泡泡，以一種嫻熟的節奏感幫父親刷背。即便只是霧氣蒸騰中的背影，也透露出父親是正享受著的。

前些日子和朋友聊到洗澡的癖好，從用不用沐浴巾到慣用哪種沐浴乳都鉅細靡遺地交換心得。朋友說：「泡澡最舒服了！你喜歡嗎？」我說：「喜歡，但更期待被刷背的感覺。」朋友又問：「你被人刷過背嗎？」我搖搖頭，之後，才意識到脫口而出那句話的意義——原來我一直記得那名女子，尤其是她刷背的姿態。

那女子渾身散發一種發自內心的百無聊賴，所有的表情都設定了觀賞對象為男人。儘管曾同住兩、三年，但年久失修，她的臉漸漸成為霧後的輪廓；但我記得她的妝非常厚，用色濃豔，不常出門，在家也帶著妝。回家時只要看到家裡的窗簾全放下，就知道她在家。我們不可任意拉開窗簾，否則她會邊倚著牆觀察對門是否有窺奇人士，邊破口大罵。她罵人時喉嚨會變緊，聲音飆高，眼睛突出，額側青筋暴露，像是《聊齋志異》中被道士揭穿身分時的女鬼。

我曾經懷疑為什麼父親會讓她住進來，那女人看起來不年輕了，但我知道她心細如髮。嗜吃甜食的父親自小牙不好，她會把甘蔗切成小拇指般的小段，讓父親吃得優雅與從容；不吃冷菜的父親喜歡上館子，於是她下廚時便是一道一道地煮，一道道熱騰騰地端上桌。即便有醇酒與婦人等著，父親仍然不常回家。家中唯一不習慣的，其實也只有自以為從了良的女子。可惜父親從來不是個良人。

父親不愛回家，若在非常偶爾的時候回來了，愛乾淨的他總是先洗澡。每每洗到一半，浴室會突然開一道口，蒸騰的白霧與熱氣從中竄出，後頭是一線父親全裸的背影。之後，女人便會進去幫父親刷背，半裸著。大概是因為當年我只是個小學生，這一切都在我眼前發生，毫無遮掩，服務與被服務的人一點兒都不彆扭，反倒是我每次都藉故走開，並不忘在離開前以一種最漫不經心的姿態再多瞥一眼。

一個平凡的夏日夜晚，悶熱濕黏的空氣將人渥得昏昏，欲睡。正當意識漫漶之際，從浴室傳來一聲不尋常的聲響，我和姊姊趕緊衝過去。浴室的門半掩，白茫茫的霧氣蒸騰，蓮蓬頭垂掛在浴缸邊，沖著地板的白瓷磚，以及繞著排水孔旋著的鮮紅水流。女人套著印著扶桑花的白浴衣，坐在滿水的浴缸裡，仰頭，側著臉，睨著我和姊姊。她垂在浴缸邊有道深口傷痕的左手，以及左手下方的地板上那支深藍色的刀片式刮鬍刀，讓我和姊姊瞬間睡意全消。我兩腳發軟，眼前突然一陣黑；在幾乎要暈過去的同時，依稀聽見那名淌著血的女子不疾不徐地發號施令：「別愣在那！快打電話叫爸爸回家！」

在那個行動電話俗稱黑金剛，一支重達幾公斤、且要價四五萬元的年代，父親就有一支。我顫抖地按下那串熟悉的數字，卻連續按錯，在千鈞一髮之際還打錯電話，讓我又氣又怕。父親的聲音終於出現的時候，我幾乎是聲淚俱下地說：「阿姨躺在浴缸裡……手上流好多血。阿姨叫我趕快打給你！」父親聽了，以一種我至今仍感訝異的鎮定語氣淡淡地說：「知道了。」不過父親沒有接著說他會趕回家，便逕自掛上了電話。

救護車的喔咿喔咿劃破了夜晚的寧靜，也拉開了家家戶戶的窗簾，亮起了公寓格子的燈。那晚，我和姊姊在人牆與七嘴八舌中進了救護車，苦著臉陪那女人到醫院，一路上擔憂極了，只要沒聽到擔架上的女人濁重的呼吸聲，便惶惶不安。阿姨的傷口縫了許多針，包紮好，也就回家了。當晚父親沒有回來，隔天與之後幾天也沒有。

放學回家，總看到鄰居們聚在對面的雜貨店，挑著眉瞪大著眼指著我家交流資訊。她們看到我經過時，總是有默契地停下話題，從頭到腳地打量著我，眼神貼在我的背上直到我拿出鑰匙轉進公寓的大門。我上樓後，也開始會主動檢查家裡的窗簾拉得是否夠嚴密。那段時間，我不知不覺地會貼著牆，從窗簾和窗子的空隙往下窺探。

父親終於出現時，房裡並沒有傳出劇烈的爭吵，而我又看到父親在浴室的背影了！女子半裸著，殷勤地拿沐浴巾搓揉出白棉花般的泡泡，以一種嫻熟的節奏感幫父親刷背。即便只是霧氣蒸騰中的背影，也透露出父親是正享受著的；若不是女子左腕的紗布和膠帶，我大概不會記得中間發生了什麼事。

之後，接連幾次，女子又在父親缺席的夜晚，和著浴衣，敧在浴缸裡淌血了。我不再為此全身顫抖，眼睛也不再噙著淚。看到女子腕上汩汩而出的殷紅時，彷彿見到許多紅緞帶披垂而下，在白瓷磚上繪出一幅妖豔的畫。眼前的浴女呈現一種莊嚴的姿態，只要父親看到那幕，他必定會跪在浴缸邊泫然欲泣。依著浴女的指示，我打電話給父親：「阿姨在浴缸裡。

她問你會回來嗎？」父親依舊是木木地說：「我知道了。」之後當然就沒下文了。

那些夜晚，我和姊姊都是在議論紛紛中一頭鑽入救護車。在疾馳的車上與高調的鳴笛中，我的臉一次比一次誇張地高高堆著難堪與不耐煩；那女子在擔架上始終睜著眼，不停地問：「你爸知道了嗎？他有說要回來嗎？」我不知該不該說實話，而她仍急切地問著、問著，話語懸浮在車廂沉悶的空氣中，沒人伸手抓住。在救護車的喔咿喔咿中，我想著這一切真是徒勞，我累壞了，有幾次竟靠著擔架睡著了。女人的表情看來既淒涼又堅強，令醫生反而擔心起她，皺著眉說：「別再來了吧。不值得的。」

也不過隔幾個月吧，換另一個女人住進來了。我一樣在浴室的一線空隙中看見父親全裸的背，新人身上是件酒紅色的新浴衣，也半裸著，然而刷背的節奏不甚流暢。蓮蓬頭下嘩啦啦一陣驟雨，一股熱氣傳來，在煙霧蒸騰中，不禁讓人想起那個總是貼著ＯＫ繃或紗布的左腕。

某次，無意間聽見那名嫻於刷背的女子在進酒家前是在當護士，那也是唯一一次聽到父親提起已成為過去式的人。父親把剛沏好的茶徐徐地遞給朋友，不帶任何表情地說：「所以她不會真傷到自己的。」

# 知了

窗外的「知了」「知了」異常清晰且無限擴大，像無形卻沉重的網劈頭罩了下來，層層疊疊，裡頭滿是不能曝光卻曝光了的內心獨白。

最後一次和父親見面是在一個陽光燦爛的午後。蟬在枝枒間中氣十足地叫著，在唧唧復唧唧，唧唧復唧唧中瀰漫著亙古之感，天地玄黃，宇宙洪荒。

父親的右手拱在左手掌上，像個小小的蒙古包，定定地看著我，小小聲地說：「給你一個東西。」然後，緩緩地掀起蒙古包的穹廬——半透明的蟬蛻靜靜地躺在一隻紋路深刻的大掌上。蟬蛻突起的小眼睛、嘴前與腳上的細毛、背部與腹部的皺褶皆實實在在地留了下來，拱著的兩隻前腳顯現豐沛的生命力。蟬蛻上有一些土，灰撲撲的，頭頂還有一小截白線，看來既寂寞又狼狽。它蛻得太完整，以至我幾乎以為它是活的，尤其薄薄一對褐翅在陽光下散發一種難以言喻的光暈，如果它忽然動了動，我一點兒也不會感到意外。順著父親的眼神，我輕輕地將它接了過來，周遭的喧囂突然被按下了靜音鍵。

小時候，父親也送過我一只相當完整的蟬蛻。

父親在高三便讓同年的母親懷孕了，花樣少男少女在毫無準備下成了小父母，母親的青春不得不提早結束，父親卻依舊是個搖滾男孩。婚後母親負責小孩的養育與所有家務，父親則負責說俏皮話和打鼓。

當時的家有間鼓室，父親在家時有大半都在裡頭打鼓，他閉著眼睛也能熟極而流利地擊出各種節奏，那種熟稔是鼓棒彷彿本來就生在手中，所有動作皆由反射神經控制。頭隨著拍子猛點，唇緊緊抿著，父親看來既帥氣又稚氣。母親喊著醬油沒了米酒沒了父親完全沒聽見。鼓室的門總是被踢開，門口立著穿圍裙的母親，一手拿著鍋鏟一手扠著腰，額頭與人中全是豆大的汗珠。儘管如此，鼓室裡的父親仍是八風吹不動。興致來時父親會把我放在他的腿上，教我轉鼓棒，或是要我到鼓的下方感受耳膜的震動。我最喜歡的莫過於父親把他心愛的鼓棒放在我的手裡，再用他的大手包住我的小手，帶我用力敲打鼓面或敲鑼。

進小學前的某一個夏天，母親下定決心離開了。父親不曾對母親的離去表示過什麼。搬家時那套鼓被父親留在那個公寓，包括那對漂亮的鼓棒。

父親從不收藏任何東西。

那些年跟著父親到處住，有時紙箱還來不及全部拆開就又要換地方了。房子越搬越小，到後來只能租一個小房間，兩人睡在同一張墊子上，蓋同一條棉被，呼吸同樣的空氣。深夜巷裡的狗吠常讓我和父親同時翻身，父親是個無可救藥的樂觀主義者，但睡著的時候常常皺眉頭，睡著的父親看來好陌生。

父親好像喜歡在夏天搬家，因為每到一個新環境，最深的記憶都是漫天蓋地的蟬聲。

有一次，我在回家的路上遇見父親。父親靠著榕樹下的大石頭，眼睛彎彎地望著我，手掌圍拱成橄欖球狀，要我猜猜裡頭是什麼。我搖搖頭，父親可得意了，急忙要我脫下帽子，還有閉上眼睛。當我睜開眼時，一只半透明的蟬蛻就靜靜地躺在我的橘色碗公帽裡頭。父親說他剛剛在樹下發現這個，本來想等我回家時告訴我，然後兩人一起去把它撿回來，又怕在這段時間被別的小朋友發現讓人給撿走，於是在這裡等著。父親活脫脫是從《世說新語》走出來的人。

我常常聽見蟬聲，卻從來沒有看過蟬，誠如父親所猜測，觸感薄脆的蟬蛻對我的確是相當新鮮。我小心翼翼地將它拿起，一時之間真教人不知該怎麼辦才好，輕輕地翻著看著卻怎麼也想不透這隻蟬是怎麼辦到的。父親說只有男生蟬會叫，用身體兩邊的鼓室嘶吼出聲，非常搖滾。父親仰著頭，說不知道這個聰明的小東西現在在哪兒？頭上正在叫著的是不是牠呢？我說：「這傢伙哪裡聰明了？我一點兒也不喜歡，老師說蟬爬出土後只能活一個夏天。」父親聽了，愣了幾秒，然後摸摸我的頭，說：「就是因為只能活一個夏天卻還拚命叫，我才喜歡。」頓了一頓，又說：「要是人也能把殼脫下，不知該有多好。這個小東西太令人羨慕了。」我記得那時似懂非懂的心情，也記得那天雲特別白，天特別藍，父親說話時有微風吹過，樹葉輕輕地晃了晃，發出沙沙聲。

籃球員、飯店接待生、美髮師、汽車業務、房屋仲介公司老闆、度假村經理、高爾夫球場業務經理、攤販、泊車老哥、計程車司機、禮車司機、旅行社負責人和小吃店老闆，這些是父親從事過的工作。應該還有，不過可能因為只有一、兩個月而被我不小心忘了。父親可能比許多演員經歷過更多種人生，因此一開口便是一個故事，平淡的句子裡自有無法忽視的驚心動魄。

我曾經問過父親為什麼會換這麼多種工作？別人的父親都不是這樣。父親說因為他喜歡。我問哪個是他最喜歡的？父親說當他選擇那份工作時，都是因為非常喜歡才去做，沒感覺了馬上離開。父親說為了賺錢而勉強自己做一件不喜歡的事，就像是明明討厭數學，卻為了要考高分而天天補習，那樣拿到一百分也不會真的開心。父親開車總會避開高速公路，因為沿途的景色都一樣，那樣讓他感覺好悲哀；父親喜歡轉彎，他說彎後的風景才令人期待。

父親從來沒有要我順著他的想法去做什麼，也從來沒有關心過我的成績。只要我開心，父親便覺得好。父親說人活著就是要求一種過癮。

許多人告訴我父親注定是個失敗者，因為他是任性排行榜第一名，我卻覺得父親過得精采極了！如果真有來世，我相信父親仍會選擇水裡來火裡去的生活方式。父親告訴我年輕人要有一雙無畏的眼睛，仰望夢想，然後，以自己的姿態行走。

父親一向以自己的姿態行走。

大凡最不適合當丈夫的男人都是最好的情人。父親是個好情人，他會讓每個女人相信只要她想，父親便會架起天梯，一步一步爬上銀河，為她把星星摘下來，然後，別在她的襟口，以一種最虔誠的神情。追求的時候，父親會撥動吉他的弦，輕輕哼著不褪流行的歌，以一種最瀟灑的姿態。父親不噴香水也不喝茶，但身上永遠有淡淡的香氣，女人都喜歡靠在他的肩膀，自顧自地回甘。父親永遠帶著孩子氣的微笑，奇怪的是，好像只有我發現父親睡覺會皺眉頭。

父親說話時的神情相當迷人，兩眼直直望進對方眼裡，直觸內心最柔軟的那塊角落；嘴角的弧度與揚眉的角度也無不散發出誠懇與熱情，邀請對方走入父親營造的夢幻世界。父親說話有種自成一格的節奏，聽久了會令人喪失時間感，恍兮惚兮，讓人彷彿活在時間之流外。

喜歡製造驚喜的父親也喜歡得到驚喜，父親無法忍受走在軌道裡。一旦未知變成已知，已知變成預知，便是女人失去父親的時候。父親喜歡追逐多於得到，像是熊熊火炬，遠遠便能使人感受到溫暖，卻近不得身。擁有與失去竟只能在同一秒。我不知道這樣好不好，我只知道父親永遠無法違背自己的心意。父親從來不為人生作準備，他唯一能作的就是聽從內心的聲音；這樣的父親每天都活在興頭上，憑著一股原始的力量往前闖，碰見什麼就是什麼。

時間的列車向前開著，每節車廂都因為父親的興致而上上下下許多人，絕大多數是女人。父親帶著女人遠走高飛，之後又將她任意地放在某一站，即使動作極其優雅與溫柔，但女人的心仍是碎的。我長得越大就越能諒解母親當年的不告而別，我明白母親已經給了我她所能給的。

父親是一頭無法被豢養的小獸。

高中畢業後，我就沒有和父親住在一起了。我明白父親已經給了我他所能給的。父親常常換地方住，常常換電話，有時竟連我也找不到他。畢竟沒有人能握住風。和父親久久見一次面，兩人的互動驚人地客氣。雖然只是閒話家常，句子與句子間的空檔卻越來越長，偏偏兩人換氣的頻率又差不多，往往同時開口又同時結束。當兩人的眼睛不知該看哪兒時，窗外的「知了」「知了」異常清晰且無限擴大，像無形卻沉重的網劈頭罩了下來，層層疊疊，裡頭滿是不能曝光卻曝光了的內心獨白。

如果父親在那樣的時刻走過來拍拍我的肩膀，我的眼淚就要掉了。但我其實不知道該不該期待父親走過來拍拍我，我也不確定該不該在父親面前掉下眼淚。

最後一次看見父親是在前年的夏天，我們約在巷子裡的一家小咖啡館。父親每次都約在咖啡館，但他每次都會問店員有沒有可樂，通常答案都是沒有，但他還是會問，偶爾遇到有的，他便會對我咧著嘴笑。走往咖啡館的路上有座公園，那裡有許多粉紫色的小花還有好幾棵大榕樹。我和父親曾坐在樹下的長木椅上舔著霜淇淋，有幾輛腳踏車經過，輪胎的軸上裝了亮亮的塑膠片，轉動起來如萬花筒般絢麗。那時蟬聲震耳欲聾，唧唧復唧唧，唧唧復唧唧。正在想著那時的霜淇淋不知道現在還有沒有得買時，遠遠望見有一個人衝著我笑，我下意識知道那一定是父親。

那當然是父親。

父親的雙手圍拱成橄欖球狀，眼睛彎彎的，我知道他又來了。只是，我從沒想過有一天父親的背竟然也駝了，和其他人的父親一樣。時間之神畢竟是公平的。

從父親手中接過那只帶著泥巴的蟬蛻，我突然感到一沉——父親一下子交給我二十年的時光。

# 巴黎的風衣

父親的快活不斷地被複製貼在艾菲爾鐵塔、凱旋門、聖母院、聖心堂的階梯前……。極在意外表的父親在艾菲爾鐵塔前令人意外地首如飛蓬，他說：「巴黎風大。」

去年夏天，我終於去了巴黎，為終於可以踏著梵谷與畢卡索，蕭邦和德布西的足跡而興奮不已，想也不想地便把令人心酸的存款，加上和朋友借的十萬台幣通通換成了歐元。本來晴空萬里的巴黎，在我到的隔天竟颳大風下大雨，氣溫從三十度驟降到十三度。

發現走在羅浮宮前的自己邊走邊流鼻水後，趕緊衝進路邊的商店買件衣服。回到落腳處，將濕漉漉的新衣掛起晾乾。米色風衣靜靜地懸在棕黑色衣櫃的把手上，何其眼熟，恍恍惚惚地，一件極其相似的風衣吊在一座大核桃木衣櫃前。

照片中的父親總是一個人，但其實父親喜歡人群。父親享受掌聲，聽眾越多，講話就越精采。他可以在任何時刻任何場合呈現最誠懇的眼神、最熱情的態度、最恰到好處的音量，何時該伸手何時該微微握拳，都能憑本能做出最恰當的反應。父親是天生的舞台型人物。

那天，難得父親房裡沒有女人，父親第一次，也是唯一一次邀我看照片。我印象最深的是他在巴黎的那幾本。父親的快活不斷地被複製貼在艾菲爾鐵塔、凱旋門、聖母院、聖心堂的階梯前……。極在意外表的父親在艾菲爾鐵塔前令人意外地首如飛蓬，他說：「巴黎風大。」父親指著正掛在牆上的那件風衣，說：「在巴黎買的。」

這件小事在我記憶的夾縫裡安安靜靜地窩了二十多年，直到去年夏天，我在巴黎買了極其相似的風衣，我才突然想起，父親來到巴黎的年紀正和我現在的一樣。

看著深了一層顏色的風衣，想著父親在和我現在一樣大時，兩個女兒已經進入青春期了。我無法想像角色對調該如何自處。我連自己都照顧不好，遑論照顧別人？我不知道煮飯時該在大同電鍋的內鍋和外鍋各加幾杯水，學不會縫釦子和燙衣服，不是摔破杯子就是割到手，總是走著走著就突然跌一跤。對於別人的事，我不知何時該插手何時又該視而不見。當我對未來充滿困惑，感到人生如此困頓，又怎麼教人欣賞這個世界的風景？成長的課題如此多，但沒有人真教我們如何作答。每個人皆只能且戰且走，見招拆招，且壓根兒沒有什麼「頭過身就過」的法門。

而我卻期待父親不管生性多麼不羈，至少能在孩子懂事後回頭是岸，我突然發現這未免太強人所難！一旦失去了天空，鳥是不可能快樂的，畢竟有了翅膀而不用，實在暴殄天物。

在討債公司到家裡的前一刻，父親的第六感前所未有地神準，毫無預警地帶著兩個孩子逃走，隱姓埋名，躲在東部的村子當冷凍食品廠的搬運工兼送貨司機，再輾轉逃到台北，改名換姓當攤販。身為么子的父親在家人的庇蔭下，從小像是《伊索寓言》裡的蟋蟀，每天只顧著唱歌跳舞，大啖樹果，十分快活，反正天塌下來絕對不會由他去撐。從沒吃過錢的苦頭，卻在前中年期一次補足。父親從暖暖軟軟的溫柔鄉到隨便鋪張墊子和衣便睡，別說西裝和皮衣了，連個附水果的套餐式便當都買不起。彎腰屈膝睡過一陣子的汽車後座，小站月台刺骨的寒風，廉價旅社中隔壁房間傳來的撞擊與喘息聲，和姊姊合吃一碗名實相符的陽春麵，至今仍隨時可被召喚出來。

從本錢八千元開始的迷你本生意只能維持最最基本的生活，但父親有種頑強的生命力，只要有了一個圓，就能繼續加上幾道光芒，成了太陽。父親在收攤後會帶我們去吃麻辣火鍋、去貓空喝茶，或是去陽明山吃披薩看夜景；也會帶我們去釣蝦、擲骰子換香腸、逛遍各大夜市和唱ＫＴＶ。

不過父親比較喜歡一個人去唱歌，並把自己的歌聲錄下來，開車時邊放邊哼。父親不會為了下週的麵包省下這週的火腿，只要能買乳酪，就不會只吃白麵包。和父親在一起，彷彿在參加一個營隊，白天還在進行生存遊戲，彷彿生死一線間，晚上卻在BBQ和舉辦營火晚會，不亦樂乎。父親是個無可救藥的樂觀主義者，沒人能澆熄他心中的火炬。相對於其他攤販風聞警察在附近便不顧等待中的客人，推著攤車拔腿就跑；父親總是慢條斯理地做著客人的餐點，銀貨兩訖之後，往往警察已在眼前低著頭開著紅單了。在剛開始一天收入不到一千元的日子裡，收到警察取締的四千五百元紅單，他仍一臉從容地對嘟著嘴的我說：「錢能解決的都是小事情。」

父親從事過許多種工作，大多數都如車窗外的風景轉瞬即逝，不僅因為容易對眼前的或已知的人事物感到厭煩，最主要的還是父親不知如何把腳老老實實地踩在地上。他總是只看想看的那面，總是面向陽光卻不願意承認背後便是陰影所在。父親可能是台灣第一位專業規畫親子鄉土遊的旅行社老闆，他帶著一家家親子牽罟、焢窯、灌蟋蟀、坐牛車、擠牛奶。父親也可能是台灣第一位規畫完整的宜蘭花東賞鯨之旅的人，賞鯨團叫好叫座，便接受建議租了店面，開設自己一竅不通的日本料理店，被提建議的人上下其手。父親由賞鯨賺來的錢又從一條條的魚嘴吐了出去。錢在父親手裡像是會燙手似地，即便如此，他仍不願意向代處理事務的人詢問相關細節。兩天一夜的行程一人收費兩千元，但光是飯店費用便要價一千八百元。即便在支出多於收入時，父親仍不願意訂次一等的房間或讓全車的人餓著肚子回到家。父親擅於建造空中樓閣，而不懂得捲起袖子搬磚塗水泥；父親擅於畫大餅，但從來不知道怎麼才切得開吃得到。

長大後的我發現這世界很多人都是這樣，而父親最出類拔萃的只是永遠學不了乖。

若父親能永保年輕，其實這樣的個性十分迷人——不切實際到一種極致，反而像個藝術家。若運氣之神永遠搭著父親的肩，父親大概會被視為名士派，要嘛成日清談要嘛放浪形骸；可惜不是，他的夢幻國度很快就被人嗤之以鼻，再也沒有人會帶著崇拜的眼神看著父親，反倒常遭到「也不想想自己幾歲了！」的嘲弄。像是小籠子裡跑滾輪的倉鼠，父親以為只要一直跑一直跑便能到世界的盡頭，殊不知籠外的人正在拿他當笑話。

父親沒有進入《世說新語》，反而入了《笑林廣記》。

「前事不忘，後事之師」固然好，但遠遠比不上記取「前車之鑑」來得精刮上算。於是，自認學習力強的我一直努力地背離父親，時時提醒自己別往同樣的路上走。我以為和父親離得越遠，便意味著越接近完善光明的人生，畢竟下坡的相反就是上坡。我努力念書、認真工作，對異性的示好退避三舍，活得像一條法國麵包——沒裝飾和內餡，但耐嚼又有飽足感。我過著堅毅的人生，兵來即使沒將可擋，但牙齒被打落也可和著血給硬吞下去。我幾乎是本能性地抗拒華而不實的人，擅於保護自己，不輕易在別人面前流淚，也不輕易妥協。我總將人生的骰子握在手中，僅暗暗猜想若奮力一甩究竟能擲出幾點。

奇怪的是，人人都說我像極了父親——沒有存款，不想未來，活在自己的世界，燃燒靈魂換取沒人相信的美好。當我聽到此般眾口足以鑠金的評價時，第一時間驚訝到啞口無言。不知道是我走得太遠結果竟然繞了一圈後回到原點？還是眼睛看著前頭，身體卻不自覺向後轉？

去年夏天，我傾盡所有來到了巴黎。我看到小時候在照片中看到的艾菲爾鐵塔和凱旋門，也同樣漫步在香榭大道和塞納河畔。在還來不及讚嘆巴黎時，突然天色一變，氣溫陡降並下起滂沱大雨。我在萬分狼狽中買了件父親一定會喜歡的風衣。

也許我終究還是踏上了那個宿命般的滾輪。

# 同類

我明白一切都是生不帶來死不帶去，不留戀昨天，也不臆想明天。即便把我扔到懸崖峭壁，我大概都能憑著本能夷然地活下去。

橄欖綠曲盆裡挺挺地站著一株小小的馬拉巴栗樹。去年隆冬看到朋友餐桌上那株彎彎的馬拉巴栗——簡直瘦得不像話！朋友順著我的視線，溫柔地說：「前幾天爬山時，看到它像棄嬰縮在山澗旁，就帶回家了。」我不發一語。當晚，我竟夢到了那株小樹。於是我問：「可不可以讓我照顧它？」就這樣，它是我的了。

我每天一早會摸摸它嫩嫩的葉子，餵它喝水，問它昨天睡得好嗎？

而我前一晚幾乎沒睡。

三更半夜，鈴聲大作。迷迷糊糊地接起了電話，一個低沉的嗓音傳來，「知道我是誰嗎？」我一聽，立刻醒了，刻意拉高尾音，以清晰的聲音回：「你是媽媽。」

母親是個遙遠而美麗的剪影，輪廓那樣的存在。有時我會寧願母親永遠只是個抽象的名詞。

都多少年了，多說些什麼或多知道些什麼又如何呢？我連母親的模樣，都還是由她寄來的照片才知道。人人都說我和父親簡直是一個模子印出來的，連走路的樣子和挑眉等小動作據說都像極了父親。但在高中時，父親和我本來在電視機前有一搭沒一搭地閒聊，他轉頭後卻突然盯著我。那樣的眼神讓我本能地感到不自在，但我仍帶著笑說：「在看什麼呢？」父親才回神，幽幽地說：「你長得和你媽一模一樣。」母親以沒得商量的方式在我身上留下了印記。

電話那頭傳來：「一定會怪我離開你們吧，你們還那麼小。可是，我好苦啊！你們都不知道！」其實我不曾怪過母親，也從來沒有怪過父親，因為我明白他們只能順著內在的聲音往前進——儘管未必清楚那個聲音將領著自己往哪兒走。尤其當我已超過母親離開時的年齡，我明白母親若不離開，她所選的那條路無論怎麼遠兜近轉，最終都是一條死巷。

母親在她高中時認識了鄰校的籃球中鋒。一個甜美可人，一個高大帥氣，像是所有愛情小說的情節，兩人一對眼就成了歡喜冤家。然而小說與現實總是橋歸橋路歸路，否則誰願意掏錢花時間看人洗臉刷牙倒垃圾？王子和公主在還不懂得人生時就得安排人生，一紙結婚證書是一張未告知測驗範圍就發下來的考卷，兩人簡直是亂填一氣，像是負氣的學生——一題不會，便乾脆通通亂寫了。在紛至沓來的柴米油鹽醬醋茶中，王子抵押了寶劍，公主賣了珍珠項鍊，兩人各自覺得自己是全世界最委屈的人。其實是王子較早認清事實，卻沒想到是公主逃得遠。

我不確定母親是哪天離開的，但記得那晚姑姑帶著我和姊姊去看美國來的「白雪公主溜冰團」。當晚我成了幸運兒，戴著紅絨帽穿著綠衣藍褲咖啡色皮靴的小矮人走到我面前，將我抱上台，坐在推車上溜了好幾圈。在鎂光燈的照射下與震天的音樂中，我走進了童話世界。我戴著銀色的皇冠，持著仙女棒，不可能再快樂地用力笑著。回到家，竟是一片漆黑。循著一種奇異的本能走到主臥室，打開衣櫃——果然空了一大片。

一句完整的英文都不會說的母親去了美國，至今不曾返國。有時我會想：如果我被認為是一個決絕的人，肯定是因血液映著當年母親的背影。

在十八歲時被心愛的人背叛，被迫輟學，孩子還在肚裡便得承受接踵而至的欺騙與當面被羞辱的難堪，不被男方父母承認，甚至被視為禍胎妖種，即便挺著大肚子跪下也被掃把推出家門。母親為了肚裡的孩子，為了一廂情願相信的愛情，咬著牙握著拳流著淚吞下所有的痛苦。我對母親沒有怨言。即便沒有受到期待，也沒有祝福，但我畢竟來到這個世間了。我告訴母親我由衷感謝她給了我健全的四肢。母親說她懷我的時候根本沒東西吃，每天擔心受怕不知活著有什麼意義，分不清夢境與現實，照鏡子時簡直不敢相信裡頭披頭散髮齜牙咧嘴的瘋婆子是自己。她當時很擔心把心事都流給肚裡的孩子，我說沒那回事。

在不斷轉學與不斷搬家中，我抽高並結實。在各種陌生的環境與父親的歷任女友周旋之下，我竟成了一個開朗樂觀的孩子。多年來我以紙箱為桌，以墊子為床，且習慣在還來不及拆開所有紙箱之前就又得搬家的日子。東西還來不及累積便得丟棄，於是我明白一切都是生不帶來死不帶去，不留戀昨天，也不臆想明天。即便把我扔到懸崖峭壁，我大概都能憑著本能夷然地活下去。我懂得欣賞落日餘暉的漸層，為清晨鳥囀的音階凝神，在新雨後貪婪地呼吸透著泥土味與草澀味的空氣；也懂得在小說與電影裡尋找各種人生，為一切美麗的人事物所觸動。我非常不會安慰人，因為不懂得有什麼真值得為之沮喪或傷心的，只要一覺醒來，天大的事都被留在古代的夕陽裡。一向習慣往前衝的我善於遺忘，自適地過著拋棄式人生。

直到有一天，工作到很晚，跟同事在微涼的夜晚浴著月光拖著長影徐步離開時，和同事意外地聊到我的家庭。當她聽到我打開衣櫃的那段，不禁嘆了口氣，說：「好可憐啊！被遺棄的孩子。」當時我像是被雷擊中般，心臟突然痛得說不出話來。好在當時已經走到停車棚，燈光昏暗，只有一隻黑貓踞在機車座墊上露出發亮的眼睛。我不用勉強自己露出微笑，也不用迅速把眼淚擦掉，僅需用盡最後的力氣輕輕地說再見就好了。

我從來不覺得自己可憐——從沒感覺自己擁有過，何來的失去？

我其實不想知道母親再婚了，也不想知道她的女兒多可愛多聰明多會彈鋼琴。我不想知道她做約聘工累到腰都直不起來，卻仍堅持為她的女兒攢下到大學的教育基金。更不想知道父親如何令人噁心，說了多少謊。為什麼要告訴我那些呢？午夜裡母親的電話像是一雙強而有力的手，強力地將我的頭往後扳，要我看清在荒煙蔓草後的血淚斑斑。

母親非常訝異我不知道她的出生年月日。我淡淡地回：「因為沒有人告訴我。」於是母親又開始顛三倒四地反覆訴說著她早逝的青春、我永遠陷在玄冥中的哥哥以及衣冠禽獸的男人。母親說她沒爭取我和姊姊的監護權，甚至也不告訴我們她要離開，因為「跟著我，什麼都沒有；跟著爸爸，他雖然無賴，但畢竟是男人，會賺錢」。若非母親不告而別，父親恐怕也是不願意的。二十八歲氣宇軒昂的年輕人何必把兩個女兒扛在肩上？為什麼要告訴我那些呢？為什麼連真空包裝的童年都不讓孩子擁有——我以為那是早早離場的母親唯一能做的。

電話那頭傳來泛黃卻清晰如昨的往事。說書人陰晴不定喜怒無常，時而如怨如慕如泣如訴，時而歇斯底里咆哮低吼咬牙切齒。聽眾陷入一種詭異的迷離狀態，恍恍惚惚地以為自己在作夢。我很想告訴母親一切都過去了，真的，別再想了，我真的沒有怪任何人，姊姊也沒有。但不知怎麼，我發現自己只要發出聲音，眼眶就變熱，鼻子一酸，喉嚨哽著。我不能說話，一開口母親便會知道我哭了；我努力張大嘴巴，這樣聲音便出不來。眼淚無聲無息地落下，我知道母親沒發現，她已經進行到她念中學的女兒有多會念書，數學總拿A，彈一手好鋼琴，喜歡養兔子，總向她討零用錢買漂亮衣服，現在已經會化妝了……

在頭痛欲裂時，電話突然出現嚴重的干擾，互相聽不到對方的聲音，我終於有機會把電話掛上，並順手把電話線拉掉——如同多年前的臍帶。我沒有伸手擦眼淚，只是怔怔地走到客廳，在涼涼的空氣中為自己倒一杯水。落地窗外的天空正曚曚亮。

一邊餵桌上的小馬拉巴栗樹喝水，一邊讚嘆它長得這樣好，活潑有精神，人見人愛——不知道它記不記得蜷在天母古道山澗旁的那些日子，不過那一點兒也不重要。

【輯二】

# 故舊

# 掌聲響起

掌聲果真拍出了休止符，卻也拍出了眼淚。爺爺們大顆的眼淚啪噠啪噠地落下。驚慌失措的變成我了。

有人說眷村是小台灣裡的大中國，也有人說眷村是大台灣裡的小中國。每逢選舉必被撩撥的省籍情結像是左手和右手打架——哪一邊勝了其實都沒有好處，徒留瘦痛與傷痕。「外省人」在獨特的時空成為特別的名詞，讓某些人在被疏離的同時被迫也有了依歸——無論童年在湖南湖北遼寧還是在天津北京重慶度過，全被歸為天涯淪落人。

至今已經搬了超過二十次的家，在哪裡待的時間都不長，但我仍介紹自己是在眷村長大——儘管在某段時期這實在不是一個好介紹詞。

桃園大溪鎮的一個小眷村，村裡的第一代住戶皆為民國三十八年隨國民政府播遷來台的軍官將士們，一開口便是濃濃的鄉音。小小的眷村規畫得相當方整，每排十戶，十乘十的格局。家家戶戶都有個院子，院子裡有龍眼樹蓮霧樹木瓜樹芭樂樹也有石榴杜鵑和桂花。我們村子在那個年代反常地人口簡單，因此住起來雖稱不上寬敞卻也不怎麼逼仄。高高低低的樹站在門裡與門外，樹下也許有條大黃狗，簷上也許臥隻虎斑貓。樹全是第一代住戶手植的，像在這片土地鄭重地簽名。雖是意料之外卻也在情理之中，幾乎家家戶戶都在這片土地開枝散葉了。

在村子建成之初，男人還沒退休，女人也有事兒做。瘦高的矮壯的，內斂的暴躁的，有的眉宇之間仍存著硝煙之氣，望之儼然不怒而威聲如洪鐘。但在我成長的時空，村裡只剩下和中華民國差不多年紀的老人。滿頭白髮的爺爺奶奶們微駝著背拄著枴杖，手臂和臉都是一塊塊褐色的斑。爺爺們整天穿著灰夾克西裝褲，奶奶們有的習慣穿著各色的旗袍——即便年年要放寬腰圍和臀圍；但大多數的都嫌麻煩，而改穿花布衫花布裙。爺爺們喜歡下棋看報東家長西家短，奶奶們喜歡打毛線和打牌，也一樣喜歡東家長西家短。梳著包頭或插著髻，看起來乾乾淨淨清清爽爽，不過帶點英氣——畢竟踏過時代的浪，翻過時代的山，原本再怎麼柔弱的性格也變得韌性極強。

黃髮和垂髫之間的一代大部分都離開了，美國英國法國，台北高雄台中。村裡的第二代沒含金湯匙不拿槍桿子，跟著同學學了一口道地而流利的「台灣話」。長大了之後，有的順著體內的離散血液，一會掙錢了，便離開了家。那些出國念書的做了洋女婿洋媳婦，生了洋娃娃之後，就從「外省人」變成「外國人」了。洋娃娃回到村子，除了「爺爺奶奶」，一句中文也不會。守在身邊的多半只有那個吵吵鬧鬧一輩子的老伴。

傍晚時奶奶們去黃昏市場買菜，人手一台高窄的滾輪菜籃拉車，夕陽把她們的背影拉得好長，長長的影子慢慢慢慢地移動。爺爺們則三五成群，各自從家中拉把椅子聚在某人家門口高談闊論，時而揮手時而吆喝，講到激動時聚在嘴角的唾沫也心有靈犀地閃著白光。

我太習慣村裡那種春日遲遲的空氣，所有的回憶都被定格，所有的未來都被放慢，在連腰都挺不直的世界，沒人想談當下；因此，一旦坐在樹蔭下聽著爺爺們談天，簡直是不知有漢，無論魏晉。我總是湊過去，以致我還沒學會說一句完整的話，就聽得懂各種口音的「想當年……」、「老總統……」、「他奶奶的日本鬼子……」。

村裡的老人家幾乎個個耳背，因此嗓門兒特大，講起話來像是在吵架。打從我有記憶以來，和爺爺說話就得用吼的了。可以不誇張地說，只要站在家門口，就可以知道客廳的電視機裡播的是「強棒出擊」還是「大家一起來」。

他們總是同時講話，每個人都滔滔不絕，自顧自的。大概是換氣的頻率差不多，所以有時會同時停止，為了驅趕靜止時的尷尬，又不約而同地開始繼續以「想當年……」起一個其實重複不下一千次的話題。那些回憶是真正活著的時空，因此再重述個一萬遍也不會膩。唯有召喚出那段時光，才能再感覺一次當年的榮光，用時代的酒杯澆自己的塊壘，才會覺得自己的存在格外分明。

長大了之後，我才知道從小聽到大的「徐蚌會戰」的歷史意義，也才知道原來「老校長」就是所謂的「蔣委員長」，所謂的「蔣總統」。我對「八二三砲戰」倒是特別有感覺，自幼便能按著諸多敘述想像那些大雷雨般的砲戰場景，彷彿身歷其境。

幼年的我當然不懂那些爺爺奶奶身上的歷史，更沒見過他們跋過的山，涉過的河，因此實在不明白那些憤慨、講著講著就突然紅了的眼眶，以及說來就來的眼淚。在一個連字都還不會寫的小娃兒面前，歷史的風雲比較像是精采的床邊故事——聽眾永遠比說書人先盹著。儘管如此，我在各地的民謠與順口溜中長大，能從口音分辨對方的童年是在哪兒度過，也知道哪個縣市產蘋果，哪一省對香蕉的印象是「一根一根吊在梁上，黑黑的，貴得！」哪個地方「沒辣椒簡直吃不下飯嘍」。

有位老爺爺常常會在向晚時分踅到附近，有時站在樹下觀棋，有時加入各種戰火年華的追憶。他長得就像是村裡所有的老爺爺一樣——花白的髮，額頭橫著一槓槓的皺紋，像是中學生的作業本，上頭寫滿了力透紙背的答案。這位爺爺很會下棋，然而卻從不下場。講得一口好棋的他說：「君子動口不動手。」他這一講，其他人可就不高興了。「喔，那你的意思是說咱們是小人囉？」「赫，不然你以為自己多了不得？」此語一出，沒有人有心思下棋了，也沒有人有心思觀棋了。幾個年近古稀的人面紅脖子粗地嚷著誰才是黃埔軍校出身？誰曾被老總統親自拍肩勉勵？誰的胸膛曾被轟出碗口大的窟窿？一時之間，所有的嘴巴都張開了，所有的耳朵都閉起來了。夕陽餘暉籠罩著門口的松樹、院子的杜鵑、低低矮矮的紅磚牆、牆上的牽牛花，當然還有這群老人。視線漸漸模糊了，嚷嚷聲也稀稀落落了，所有人都知道自己根本只是在說給自己聽，所有人也都知道那些念念不忘的只有身上淡褐色的疤痕和匣裡的勛章記得。弔詭的是，當人們太投入自己的歷史時，反而會令其他人變得淡漠了。

天色漸漸暗下去了，人們成了輪廓般的存在，卻仍口若懸河地以「想當年」開始各個句子，時而激昂時而感傷，雙手亂揮亂舞，時而握拳時而拱著虎口咬著牙瞪著眼。在突然一起換氣的空檔，當大家不知該看哪裡時，蟬聲震耳欲聾——像是用盡最後的力量嘶吼，非如此不能證明自己曾經破土而出過。身為唯一聽眾的我，窮極無聊地，想起了不是在戲看完時要鼓掌嗎？掌聲和落幕在我心裡是畫上等號的，於是，我用小小的手啪啪啪啪地發出了聲響。一開始沒有人聽見，我再用點兒力，啪啪啪啪，啪啪啪啪，越拍越起勁，竟不知不覺真的站起來熱情鼓掌了。

掌聲果真拍出了休止符，卻也拍出了眼淚。爺爺們大顆的眼淚啪噠啪噠地落下。驚慌失措的變成我了。

連皺紋和老人斑也不說話的時候，村子就整個地靜默了。夕照的溫度是悲涼的溫度，夕照的角度也是力不從心的角度。

回到家，爺爺在院子裡，坐在樹蔭下的籐椅上半瞇著眼，頭微微側著。蟬聲唧咿伊咿咿——警報般響著，偶爾停歇的時分像是難得的太平歲月。沒多久蟬聲又轟然作響，但爺爺沒有睜開眼。走過爺爺身邊時，聽到爺爺正哼著北方小調——儘管拖拍拖得不像話。

那些欲言又止的時刻太多，一次又一次地舐著傷口，又一次次被撕開紗布，反反覆覆，傷口癒合得好慢好慢。就在痂好不容易幾乎要成為真正的皮膚時，家門開了。往事的柵門擴拉拉地門戶洞開，遙遠的笑臉眼見就要有五官了——見面的一瞬間，原本急凍的時間才真正地老了。

# 老家的長牆

牆邊的搖椅上總有著爺爺寂寥的背影，日裡夜裡總是悶悶地對著牆低著頭駝著背抽著長壽菸。白霧氤氳中的爺爺像根煙囪，煙霧裊裊而上，越過牆後經過短暫的瀰漫隨即廓清，但菸味仍留了下來，暈染了整面牆，滲進每個磚與磚間的縫隙。

老家被拆除了數年，我發現自己非常、非常懷念那堵長牆——一塊塊不齊不整的紅磚站了半個世紀，以簡樸而堅定的姿態守著一個曾經完整的家，見證一個家庭的聚散離合。

那堵牆很矮，牆外的佳人隨時可看到牆裡的鞦韆。牆砌得不太好，凹凹凸凸的，丟球到它身上，球只有亂飛的份，不過因此磚塊與磚塊間有各種好玩的東西：有時鑽出桀傲的雜草，有時探出自我感覺良好的牽牛花，有時窩著百無聊賴的蝸牛和金龜子，有時甚至藏著隔天便隨草上的露水一起消失的小紙條。

那堵牆有著冰涼的觸感。夏天時我喜歡把臉貼在上頭，或是用額頭抵著，瞇著眼透過磚與磚的縫隙穿過院子與窗子，直視著廚房忙碌的背影——那個背影當然是奶奶，且旁邊總有個冒著蒸氣一掀一掀的鍋子，大概幾分鐘後奶奶便會喊：「吃飯了！」

老家曾有一段短暫的靜好時光。

爺爺平常不太唱歌，但他喝了酒之後總會唱起北方小調。其實我聽不太懂唱詞，其實我聽得出來爺爺老是拖拍，但仍本能地喜歡那樣的曲調以及那樣的空氣。當時的我並不知道那樣的音頻會潛在我的血液裡，在往後的人生不斷循環播放。

奶奶在家中不多話，更鮮少含著糖果逗弄著孫女，鎮日穿著旗袍梳著包頭，表情很少波動，即使晚年身體因病而變得臃腫，仍舊未添慈祥感。奶奶對我始終有種不近不遠的距離感，最親密的時刻是她牽著我的手帶我買瓶養樂多到公園玩。奶奶在瀋陽的少女綺夢應該非常動人，可是奶奶極少「想當年」，我僅能透過泛黃的照片揣測那個不屬於我的時空。在那個年代，奶奶算是結婚得相當晚，在「偽滿洲國」受完大學教育的她嫁給年近不惑的軍官。也不知道奶奶覺得自己是嫁得好還是嫁得不好，只是奶奶一生都感到委屈——尤其一辦完婚禮就有人來搬走那些借來的家具，且婚後發現這個軍官本身無趣同時也令人感到無趣。奶奶對台灣的第一印象是她抵達高雄的那天，離了船，發現岸邊有許多長得像香蕉的東西——原來真的是香蕉！香蕉原來是黃色的！而且非常便宜。她在瀋陽吃的都是黑色的，吊在店鋪的梁上一根一根賣，還貴得不得了！

高大的父親喜歡把我放在他的肩上，帶我在院子裡探險，還喜歡教我一些奇怪的童謠，諸如「高高的山上有人家，人家的房屋有多大。老公公出來抽香菸，老婆婆出來拿枴杖。他家的狗兒三條腿，屋裡的貓兒沒尾巴。」或是「張打鐵，李打鐵，打把剪刀送姊姊。姊姊讓我先，我不先……」等等。我說這些句子怎麼那麼奇怪，父親卻馬上睜大眼睛抗議地說他小時候爺爺也是教他唸這些。

奶奶過世之後，爺爺的健康每況愈下，雖然家中只是少一個人，不過一切都不對了。那段日子巨大的哀傷像是層層疊疊的樹幛，翳住整個家；又像是最最忠心的狗，亦步亦趨，哪兒都跟到了。除了一張印在盤子上的全家福之外，奶奶所有的照片都被收了起來，但聲音仍隨著湯鍋的蒸氣擴散，散在曬衣竿上和每件衣服裡。好一段時間院子裡的所有活動都停止了。雖然蛙鳴依舊，晚風依舊，但螢火蟲就是不來了，桂花的香變得擾人甚至惱人了，冬天的靜謐也較往常多了一種小心翼翼，深怕觸起回憶的按鍵。即便下了潤如酥的小雨，也無法讓院子的草色明亮起來。遠處教堂的鐘聲噹——噹——噹——噹——，從前聽了覺得悠揚而今聽了徒增感傷——奶奶再也不會在週日早上去做禮拜了。

父親帶著姊姊和我搬到遠一點的地方了，多半在放假時回去。又過了一段時間，老家只剩爺爺一個人。那段時間發生了好多好多事，父親不斷換工作，帶著姊姊和我到處住。老家的花圃雜草叢生，以往總是肥碩的白杜鵑全換成一張張難民的無告的臉，九重葛攀滿了所有的窗，甚至伸進浴室，掛在白瓷磚上。

爺爺又開始抽菸。牆邊的搖椅上總有著爺爺寂寥的背影，日裡夜裡總是悶悶地對著牆低著頭駝著背抽著長壽菸。白霧氤氳中的爺爺像根煙囪，煙霧裊裊而上，越過牆後經過短暫的瀰漫隨即廓清，但菸味仍留了下來，暈染了整面牆，滲進每個磚與磚間的縫隙。有時爺爺的頭歪了歪，像是透過縫隙望著牆外的世界。

久久回一次老家，父親會在廚房弄些簡單的飯菜。我跟爺爺說：「吃飯了。」但爺爺只是盯著牆。我只好拉拉他的衣角，說：「爺爺吃飯。」爺爺還是沒有回過頭。那段日子爺爺有時說他一夜亂夢，有時又說一夜無夢。

在許多個漫漫長夜之後，老家只剩下那堵牆。當拆遷的公文終於來了的時候，我想或許這樣也沒什麼不好。

前年整理老家的儲藏室，發現一個鏽了的鐵製餅乾盒，裡頭滿滿的老家的照片，雖然泛黃且邊角有些殘破，仍召喚出那段悠長如永生的時光。我一張一張慢慢地細細地看著，一下子凝著神一下子出了神，那些光影在記憶的迴路一圈又一圈繞著轉著閃著，我彷彿重新活了一遍。最後一張照片因為時間久遠而正面朝下地黏在盒子底層，我拿美工刀刮著邊緣，千驚萬險地將它輕輕地剷了起來，翻過來的瞬間，我像是突然被雷擊中——圍著老家院子的竟是一堵灰撲撲的密不透風的水泥牆，上面插滿了褐色的碎玻璃。

原來我一直被自己騙了。也許那段靜好的時光只存在於我創造出來的時空？一向顛沛流離分崩離析的家庭根本沒有那些畫面？我不知道是記憶騙了我還是我騙了記憶。是否因為我太渴望有一個美好的童年，所以一直在腦海裡搭一座甜蜜的碉堡？那張照片像是一個巨大的浪，將那座碉堡沖毀殆盡，彷彿一切都不曾存在。

去年夏天，母親唯一留在台灣的哥哥託人拿了一本相簿給我。我和姑姑一起翻著那本破舊到幾乎要解體的相簿，聽姑姑告訴我這個家在很久以前，以及很久很久以前發生了什麼。老相片裡的父親穿著大領子的白襯衫和大喇叭褲，母親亦然；穿著情侶裝的小夫妻才十八歲，一臉燦爛。他們的笑容說明了他們不知道未來會發生好多事，看起來說有多無辜就有多無辜。有張照片好眼熟，那院子應該是老家的，不過牆不對。我問姑姑：「這張是哪裡呢？」姑姑非常詫異：「這不就是老家？」我說：「我原本也這樣想，不過牆不對，我一直以為老家的圍牆是紅磚牆，但我之前才找到一張院子的舊照片，是水泥牆才對。」姑姑說：「那堵牆砌得不太好，凹凹凸凸的，所以後來把裡頭的那面塗上水泥，外頭的那面仍是紅磚。」

# 猴子

猴子坐在牆上的背影被夕陽拉得好長，頭低低的，駝著背，似乎陷入了哲人的沉思；那樣的背影不涉蒼涼，無關悲傷，反而透著來自生命底蘊的靈光。

八歲那年，大伯帶隻猴子回來。老家只有爺爺和我，每天過得都一樣，多了猴子的生活，也沒改變太多。

大伯在猴子頸上繫了條長鐵鏈，另一頭拴在桂花樹上，邊拴邊說：

「我事多，就讓牠待在這吧！」爺爺未置可否，我和猴子倒是同時搔搔頭。

每天早上爺爺會在院子掃落葉宣告一天的開始，枯葉刮地嘎嘎作響，成為倒嗓的鬧鐘。爺爺修葺花草時，大大的剪刀喀嚓喀嚓，有種自成一格的節奏。花花草草生猛地張著竄著，互相越界屢見不鮮；雖然杜鵑的豔像是性格剛烈的女子，梔子花的白有著小家碧玉的矜持，爭起地盤時，全變身為扠腰罵街的潑婦。相較之下，猴子顯得安分許多，總是蹲在牆頭，悶悶地往外看，視線彷彿落得極遠，又彷彿落得極近。猴子黑黑亮亮的瞳孔讓人直覺牠有洞穿一切的本領，孤絕的背影像處於一切潮流之外。院子裡的桂花仲秋時香得不像話，常讓爺爺和猴子鼻子過敏，同時發出撕紙般的聲音。他倆一起打噴嚏時簡直像在照鏡子。

猴子始終沒有名字。

餵食的工作由我來，一日兩餐，無論我餵什麼牠總是吃得精光，吃完甚至會將食皿倒扣表示不要了。年幼的我應視其為寵物，然而不知為何，對於那隻猴子就是無法打從心裡感到親近。每次把東西放在食皿後即速速離開。我甚至會刻意避開牠的視線，也許是因那眼神實在太像人了！猴子其實很乖，只要按時餵牠，不吵也不鬧；就算有時忘了，牠也只是眨巴眨巴地等著我想起，靜靜地。我曾經刻意忘了餵，希望能看到牠跟平常兩樣些的行為，但最後仍是我投降。

村裡的住戶都在院子種了許多「好吃的樹」，我家也不例外。爺爺上了年紀之後，行動不太方便，因此改由我來摘石榴與芭樂。忘了從哪天開始，猴子無聲無息地加入，摘完後還會堆成尖尖的小塔，軟的和硬的分開，相當聰明，不偷吃也不邀功。我得承認這點我輸了。猴子摘果子的側臉看來專注極了！堆果子的樣子像是小朋友堆積木，有時令我湧起摸牠的衝動，但畢竟沒有；事實上，除了大伯，家中沒人摸過牠，雖然猴子的毛看來紅紅軟軟的，像是上好的絲綢，觸感應該相當舒服。

剛開始，大伯約每週會回來看猴子。見了主人的猴子既沒有表現出興奮狀，也沒有吱吱亂叫；鐵鏈被拿掉時不會野性大發，接到香蕉和蘋果也不會狼吞虎嚥，只是輕輕接著。這隻猴子像是長住家中的客人，住得再久也不會擁有家中的鑰匙，再放鬆也不會在浴室引吭高歌。牽牠的手要帶牠散步，牠總一副意興闌珊貌。「這隻猴子真不像猴子！」大伯的語氣聽來有些失望。我想大伯八成有著期待的謬誤，他不明白他帶回來的不是一隻狗。大伯一開始還會興致勃勃地幫猴子做造型，他愛把猴子的頭髮剪成安全帽的形狀，令人看了發噱。不過，隨著猴子的無動於衷，大伯回老家的間隔越拉越長，到後來根本像忘了有這回事兒。大伯態度的轉變完全在意料之中。

黃昏時，爺爺在書房看書，透過百葉窗篩進的光讓爺爺像是穿了條紋衣，有時又像隻蝦——我老認為爺爺像隻蝦，爺爺瘦瘦高高的，長年駝著背，小小的眼睛分得有些開。自從猴子來了之後，爺爺寫書法時多了很多無意義的停頓。循著爺爺的視線看去，猴子坐在牆上的背影被夕陽拉得好長，頭低低的，駝著背，似乎陷入了哲人的沉思；那樣的背影不涉蒼涼，無關悲傷，反而透著來自生命底蘊的靈光。有時，牠的手動了動，真要懷疑牠也在寫字。爺爺最常寫的是我完全看不懂的草書，懸著的腕如曼妙的腰，動人地婆娑著；停頓時滴下的墨慢慢地暈開，沒人能預測會暈成什麼樣子。

缺乏玩伴的我窮極無聊時會在院子裡對著牆壁丟球。有一回，沒算好反彈的力道，球飛了出去，竟被猴子接得正著。猴子既沒將球丟還給我，也無意占為己有，只是把球輕輕地放在院子裡的溜滑梯上，牠的食皿旁邊。猴子轉過身去，露出牠的紅屁股，尾巴往上勾，看來像個問號。我始終沒有去撿，出自一種奇異的自尊心。

爺爺生日那天，大伯專程送了個大蛋糕回來，不過，是鮮奶油蛋糕。大伯老忘了有胃疾的人不能吃奶油。我問大伯猴子幾歲？牠個子不小，應該有點年紀了。大伯滿嘴奶油含糊地說：「哪知道？朋友抓來的。」我還想多問點什麼，但大伯一下要我幫他泡茶一下要我幫他買菸。對話始終未完。

很難得知猴子想不想家，喜不喜歡跟我們在一起，因為猴子與爺爺像是在進行「誰先講話就輸了」的比賽。有時我甚至覺得他們沒有聲帶，偶爾發出的簡短音節，像沒拴緊的水龍頭，滴答聲引起的回音在空盪的屋裡被放大無數倍。

下雨的時候，我總是感到猶豫，因為爺爺沒指示我讓猴子進屋，猴子也看不出想進屋的意思。猴子來家裡後的第一個雨天，我拿了把傘到院子，把傘撐開，正準備放著時，發現自己行為的愚蠢，訕訕地回屋裡。透過雨水縱橫的窗看猴子，一切變得有點兒不真實。滴滴答答答滴滴中，我看到猴子一躍而下，以一種極其優雅的弧度落在溜滑梯的階梯上，一手攀著邊緣，翻身將自己藏進溜滑梯中間的直角三角形裡。「簡直是個大俠啊！」我不禁這樣想著，嘴巴不自覺微張。

一個盛夏夜晚，蛙和蟬忘情地叫著，叫著叫著整個夜瀰漫著一種永恆，彷彿教堂的鐘聲正悠揚。那樣的夜太美麗，萬事萬物都在瞬間得到相應於心的諒解。爺爺突然下樓，拄著他平常擱著的核桃木枴杖。爺爺在院子裡吃著綠豆糕，我端了碗銀耳蓮子湯過去。爺爺突然哼起了小曲，以一種自顧自的節拍。猴子在牆上露出有點兒狐疑的臉，胸口起起伏伏的，一會兒，猴子跳了下來，鐵鏈拖地的聲音在夜裡顯得格外詭譎，讓我想到所有不該想到的鬼故事。爺爺的枴杖斜靠在搖椅，被鐵鏈勾倒了。月光下，爺爺臉部的線條有著說不出的溫柔。爺爺彎下腰，不是撿枴杖，而是把猴子的頸圈鬆開。爺爺的手不太靈光，頸圈尚未鬆開綠豆糕倒是散了一地。那一刻，我覺得猴子的眼裡有些什麼。

隔天，猴子依然在矮牆上出現。然而，沒有拴住猴子這件事遭到鄰居抗議。我只好再次鏈住牠。雖然猴子相當配合，頭自動低下來，但我的手抖得不像話，且完全無法看猴子的眼睛，我怕我會掉眼淚。

之後，我們的互動模式沒有改變太多。猴子依舊不會跟我玩，雨天時爺爺依舊讓牠窩在溜滑梯下，爺爺寫書法時依舊時常停下來。只是，在非常偶爾的時候，猴子的食皿裡會多了幾片綠豆糕或是一小撮甜納豆，那是小時候的我最愛吃的。

好久不見的大伯回來了，微醺的他開懷地說：「竟然有人要！我過幾天回來拿。」大伯也沒問爺爺的意思，大伯是說風就是雨的人，爺爺是也無風雨也無晴的人。猴子絕對是靈性排行榜第一名！牠沒聽到大伯說的話，我也始終沒想好該怎麼啟齒，但牠知道！因為最後幾天，雖然猴子仍把食物吃光光，作息也沒有任何改變，但眼睛突然變混濁，像是天將明未明時的夢。現在回想起，爺爺過世前的眼睛也是那樣。

我沒跟猴子說再見，因為大伯來時我在學校，整天眼皮一直跳。上課時心不在焉，在課本上不停地塗鴉，雖然都是寥寥幾筆的勾勒，但很明顯畫的都是我家猴子的背影。

猴子走了，留下頸圈與鐵鏈。爺爺把那些都丟了，包括食皿。爺爺總能自若地獨處與棄絕。那時的我才驚覺「猴子的東西」竟只有這些！猴子跟我們住了好幾個月，連一張照片也沒有留下。

我沒有太多離別的感傷，只是覺得圍牆變了溜滑梯變了果樹變了——天矇矇亮時，夕陽西下時，傾盆大雨時，明月皎皎時，感受尤其深刻。雖然爺爺是個嘴硬的人，但相信我們想的是一樣的。

猴子始終沒有名字，因為牠不需要。

# 獎狀

不知道我生命中的第一張獎狀是否以極其優雅的姿勢緩緩地落在地面，但我記得當時操場有高年級體育課的運球聲，咚咚咚咚，令人聽了血脈賁張。

有些事在劈頭砸下時令人眼冒金星，在事過境遷後還留了一條長長的引線，一牽動，便會連本帶利地爆發。若循著引線回頭一探究竟，多半會發現那些苦楚的痕跡並未在時間的深埋下成為琥珀，反而成為隱隱作痛的傷口。

一直以來我對獎狀的反應如此冷淡，大概還是因為小學時的那件事吧。

我剛上小學時搬了家，每天上學若趕不上校車，就得走一小時的路。儘管如此，我不常上學卻不是因為睡過頭，而是發自內心地害怕踏進那間教室。

那天其實很平常，平常到我根本不應記得有那麼一天。我和同學邋鞦韆，叫著笑著，沒注意到上課鐘聲早已響了。進教室時，導師的臉拉得老長，要同學趕快入座，當我正衝向座位時，卻被老師叫住，我一到老師身邊，小腿便冷不勝防地多了一條條的紅痕——又是細竹條！我盯著老師，想著：為什麼又是只有我被打呢？若晚進教室罪大惡極，為何跟我一起的同學一點事都沒有？若這根本不算什麼，那我為什麼被打呢？大概是因為我陷入沉思狀態，沒躲開也沒唉唉叫，老師似乎感到被挑釁了，便要我在黑板旁半蹲。我照做，駕輕就熟，想著：果然又是這招！老師看到我的表情，便瞪大著眼，抿著嘴，拿著一捲牛皮膠帶過來，在我的嘴上貼一個叉，並不忘撇下一句「沒家教！」不過叉叉太大了，害我的呼吸變得不甚順暢。

那天的營養午餐是番茄炒蛋、空心菜、糖醋排骨和饅頭。一如往常，老師負責打最後一樣菜。好不容易輪到了飢腸轆轆的我，老師抬頭一見是我，臉就垮了，偏偏我這時手一歪，糖醋排骨的湯汁不識相地流了出來，我來不及道歉，心慌全寫在臉上。老師突然對我吼著：「你知不知道你媽媽不要你了？你可不可以不要再穿這麼髒的衣服來上學？還有，拜託臉洗一下好嗎？到底有沒有羞恥心？」當她講完的那一刻，本來鬧哄哄的空氣瞬間凝住了，我聽到自己激烈的心跳聲，窗外震耳欲聾的蟬聲，以及鏗鏘的碗筷碰撞聲。老師把一塊髒抹布丟到我臉上，並臨危不亂地挑一個最小的饅頭給我。那天的菜色其實是我心中的黃金組合，然而手中的筷子卻成了千斤重。在其他人看完戲大快朵頤的同時，我在細細咀嚼老師的話。

午餐時間異樣漫長，老師的那些句子始終環繞不去，像極了惱人的蚊子，嗡嗡嗡嗡，怎麼揮也不走，卻也打不著。雖然有些字詞對當時的我而言頗有難度，但我知道無論如何那絕對是一種惡意的羞辱。

父親的衣服全送乾洗，因此家裡沒有洗衣機。我非常討厭淺色的衣服，每次都讓我跟姊姊在浴室地板用水晶肥皂搓好久，導致我們一件衣服非得穿個好幾天才甘願換下來，偏偏制服是白襯衫。父親常忘記繳水費，家裡也沒裝熱水器，所以我們洗澡的頻率不一定，的確也常常沒洗臉。小時候我最討厭冬天，我跟姊姊得拿出所有的鍋子燒水，再把熱水端進浴室，倒進大塑膠桶子裡。廚房到浴室的距離相當近，對那時的我卻是咫尺天涯。我身上有不少燙傷的痕跡，是那段古法沐浴時期的幽幽見證。手腳上的傷痕會褪成淺褐色的疤，那些日子的每一個畫面卻深植潛意識。

老師不明白這些，老師常說她的父親是醫生、母親是家庭主婦，還有一個建築師哥哥和嫁到新加坡的姊姊，老師的家庭真可愛，整潔美滿又安康。老師很有原則，沒有蕾絲的裙子不穿，沒去皮的雞腿不吃，沒削好的水果不吃。老師說她的包包花了她整個月的薪水。

老師怕胖怕髒怕醜怕辣怕蟑螂怕老鼠怕蜘蛛還怕高；而我大概是除了老師，什麼都不怕。

老師來家庭訪問那天只有我和姊姊在，家裡什麼都沒有，老師默默地坐了一會兒就離開了，沒有向我們說再見。隔天老師在講台上無預警地提到她剛經歷一場極其失敗的家庭訪問。她感到很心寒，被自己的學生這樣對待，大罵該名學生連燈都不開，讓她坐在昏暗的客廳裡，要各位同學評評理：「可以這樣對老師嗎？」全班瞬間整齊地回答：「不——行——」之後，我突然被老師叫起來，她說：「就是你！還裝蒜！」在眾目睽睽中，我滿臉通紅，趕緊低下頭。老師指到我的鼻子上：「你說說你要不要我找你爸爸來學校？他知道你這麼壞嗎？」老師不知道父親沒有繳電費家裡被停電。老師大罵我連杯茶都不給她，要大家說說：「這樣有禮貌嗎？」全班又整齊地回答：「沒——有——」老師不知道父親沒有繳水費家裡被停水好幾天了。好險老師沒上廁所，不然老師一定會加上我連要沖水都沒人教。老師在全班面前說我明明知道她那天會去，卻沒有要求父親留在家裡，是為了怕她告狀。老師不知道我是得看到桌上的兩百元才知道父親終於回過家了。我知道老師很生氣，但我無法對老師說抱歉，事實上也不知道到底哪裡應該抱歉。八歲的孩子是不懂事，但並不笨，小孩子的眼睛和心靈一樣澄澈，容不下一點兒霧氣與委屈。

老師喜歡的學生跟她同一類型，每天變化不同的髮型來上學，便服日穿連身洋裝蕾絲公主襪。老師喜歡洋娃娃，當然不會喜歡泥娃娃。

那天下午，我又因為晚進教室而被叫到講台上半蹲，然而我未經老師恩准，擅自把早上的膠帶丟進垃圾桶，因此除了半蹲之外，小腿上多了好幾條熱騰騰的紅線。老師在熱身運動完之後，不厭其煩地為我貼上一個比早上更大的叉叉，鼓著腮幫子，使了全身的力氣。

在繁瑣的前置作業之後，終於，老師要發月考前三名的獎狀了。發完第三名時，老師停頓了幾秒，然後，緩緩地說：「等一下請不——要——鼓掌。」接著，我的名字一個字一個字地被拉長尾音地蹦了出來。在全班的驚呼聲中，我趨前迎接我生命中的第一張獎狀；沒想到老師二話不說就把獎狀丟到我的臉上。我昂著頭，老師大概以為我的脖子扭到了，所以「唰——」地給我一巴掌，幫我確認脖子可轉動自如。不知道我生命中的第一張獎狀是否以極其優雅的姿勢緩緩地落在地面，但我記得當時操場有高年級體育課的運球聲，咚咚咚咚，令人聽了血脈賁張。我有生以來第一次明確的叛逆大概是當時逕自走回自己的座位。坐定之後，有個東西在窸窣窣中左曲右繞地傳來。雖然淚眼模糊，但確定見到桌上有一張獎狀。不得不佩服老師的細膩與用心，老師為了要突顯這張獎狀有多特別，特意在正中間蓋了個鞋印。

這麼多年過去了，時間長河並未淘洗掉那個鞋印，因為那個鞋印其實是蓋在我的心上。

# 圍巾

兩條圍巾跟著我搬過好多次家，雖然不知在哪一次就隨著某個紙箱遺落在時間之流中，但其實在不在都一樣，因為它們早已在我的心上，圍圍好。

喜歡圍圍巾的我擁有許多條圍巾，沒有一條是自己買的，而每一條都是珍貴的禮物；其中最令我難忘的，莫過於在我幼稚園時老師送的那條白圍巾。

讀幼稚園大班時的冬天，體質虛弱的我患了重感冒，咳得幾乎無法上課。一、兩天之後，沒人照顧的我未見好轉，鎮日頭昏眼花，時時刻刻垂著頭，眼皮沉極了！忽冷忽熱彷彿擺盪在冰窖與火爐之間。

老師本來在教室後方批閱作業，見了我病懨懨的模樣，突然叫我過去。平常是隻活跳蝦的我此時只能茫然地站著，低著頭搓著手，一個字也吐不出。老師推了推眼鏡，眼睛突然從霧裡透出來，然後，從抽屜裡拿出一個牛皮紙袋，拉出條圍巾，要我走近一些，接著左手拉住圍巾的一端，右手熟練地拿著圍巾快速地在我的脖子上繞兩圈，邊繞邊說：「我給我的孩子打圍巾，多了些線，順便打一條給你。」那條圍巾如白練般美麗，兔子伸懶腰似地繞著，軟軟暖暖。也許是心理作用，那天下午彷彿少咳了些。

隔天，我癱在床上，腦袋像被灌滿水銀，手腳像被上了鐐，動彈不得，滿臉通紅。無意瞥見椅背上的圍巾，老師推眼鏡的樣子突然跳出來，在那一瞬間，我彷彿聞到老師身上淡淡暖暖的香氣；於是，強打起精神換上制服，雖然喉嚨有火在燒，全身輕飄飄。上學途中，為了抄近路，穿過熙熙攘攘的傳統市場，在吳郭魚紅蘿蔔帶毛豬頭青江菜滅蟑屋菜瓜布中左閃右躲，人擠人的當兒不慎讓圍巾沾到污水，滲了一大片，戴不得了。整條路上，我的臉和書包裡的圍巾一樣皺。

頭低低地進了教室，老師見我的脖子空空的，連忙把我叫過去，一手摸著我的額頭，一手摸著自己的，驚呼一聲，然後，取下自己的圍巾幫我圍圍好，一臉歉意地說：「我不知你喜歡什麼樣子的，這條你先圍著，放學告訴我你喜歡什麼顏色，我今晚就打。」大概是太過緊張，我連「謝謝」都沒說。

放學時，同學竄出教室，嘻嘻哈哈聲前呼後應，美好的午後卻只對旁邊的人有意義。我拖著腳步，覺得隨時都可能眼睛一黑腿一軟，我只剩下默默流淚的力氣。我不會期待母親突然從美國回來領我去看醫生，更不會妄想父親會出現在校門口，事實上他連我病了都不知道。經過老師身邊時，我摸了摸書包，但畢竟沒讓老師看裡面鼓鼓的是什麼，內心很複雜——既希望老師知道，卻又希望老師不要知道。老師走了過來，幫我調整一下圍巾的鬆緊，嘀咕著：「果然太長了！」老師要我記下她家的電話，說若回到家後不舒服，頭暈或想吐，一定要打給她。接下來還有一串繁雜的叮嚀，但當時的我無論如何是記不得了，事實上我連電話號碼都背錯，唯一記得的，是當時老師手心的溫度。

後來念的小學和幼稚園只有一牆之隔。害羞自卑的我無法在短時間交到好朋友，初識的老師也因為我把白襯衫穿成花襯衫，且總繳不出各種費用，而對我另眼相看。於是，我更加內縮了。我總是一個人躲在校園的某個角落自言自語，並在最感無助時爬到樹上，望著牆的另一邊。我看到老師推眼鏡的樣子，看到她帶小朋友跑步的樣子，也看到她發點心的樣子。我就這樣呆呆地看了好多天，像是看著反覆倒帶的影片。老花眼的老師終於發現了我，對我揮揮手，叮嚀我小心別摔著了，叫我一定要回去找她。我重重地點了頭。

整晚猶豫著要不要圍著圍巾去看老師，因為那時正值溽暑；想著想著迷迷糊糊地睡著了，結果睡到隔天中午，莫名其妙蹺了課。但我仍然穿了小學制服，在放學時間圍著圍巾去找老師。看到老師我一句話都講不出來，只是下意識地玩著圍巾的鬚鬚。老師當時說的話我除了「天啊！你會不會中暑？」之外全忘光了，但我記得那天老師的桌上亮著鵝黃色的燈，還有一個墊著褐色杯墊的陶杯。一直以來，每當看見鵝黃色的燈，便重溫一遍兒時所感受的溫暖。來自老師的溫度使體內的夏季無限蔓延。

沒多久，因為搬家的緣故，我轉學了。當我知道時，隔天就得離開了。沒能跟老師說再見，當然，也沒能說謝謝。上了國中之後，在偶然的機會下經過那間幼稚園，幼稚園的廣場竟是荒煙蔓草。

兩條圍巾跟著我搬過好多次家，雖然不知在哪一次就隨著某個紙箱遺落在時間之流中，但其實在不在都一樣，因為它們早已在我的心上，圍圍好。

# 足・印

早期的印章因為需要大量的手工，一切的步驟便有了人味。那些左右相反的方塊字在阿姨手下大小齊等，卻又有著自己的個性。

印章阿姨綁著及肩的馬尾，脂粉未施。她有深深的雙眼皮，小而挺的鼻子以及端正的菱角嘴，看來十分清爽怡人。坐在工作檯後的印章阿姨儼然是從馬內畫裡走出來的女子，令人不解這樣的女子怎麼藏在舊公寓一樓的小工作檯後——簡直有埋沒人才之嫌！然而，一旦印章阿姨站了起來，大夥兒便恍然大悟了——她如同早年習見的刻印店老闆，是個小兒痲痺患者，右腿比左腿細許多，且有點兒彎曲，除了睡覺之外鎮日穿著鐵鞋。

電腦刻印還不普及、也沒有什麼排版軟體時，要從事刻印這行，除了寫得一手好字之外，還需有空間設計的美感。阿姨刻印章前得先想好字的位置，把名字寫在印面，再用機器去刻，之後還得拿磨砂紙細細地磨出平滑的表面。橡皮圖章或是木頭章算是輕鬆省事，倘若客人拿的是較硬一點的材質像是象牙或牛角章來，便頗費時費力，不過當然費用也可因此高一些。

早期的印章因為需要大量的手工，一切的步驟便有了人味。那些左右相反的方塊字在阿姨手下大小齊等，卻又有著自己的個性。阿姨說那些左右相反的字叫做「反書」。字如其人，印章阿姨的毛筆字有股英氣，尤其在起筆處簡直像是劍梢。我非常喜歡和阿姨聊天，更喜歡看阿姨工作；因此，她常要我搬張褐色靠背木椅坐在她旁邊。阿姨工作時從不聊天，她寫字時的神情極為專注，然而筆端的律動卻又一副雲淡風輕，流水一般地滑著。我曾經請阿姨教我寫反書和刻印章。沒想到阿姨聽了之後，笑容突然收了起來，低著頭繼續工作，一邊調整頭上鵝黃色的圓帽型檯燈一邊說：「我這是沒辦法，身體不好，非得有一技之長。別學這個，你將來不會靠這個吃飯！」我記得當時聽了之後，眼眶一紅，便說：「我去找小黃玩。」「好，你去。」

認識印章阿姨時我在念小學三年級。我其實是先認識她養的大黃狗，才認識了她。我住在租來的公寓二樓，沒辦法養狗，發現對面新搬來的刻印店在門口養了一隻土狗時，興奮得不得了，每天放學還沒回家就先去找狗玩。我注意到店裡的人和客人叫牠「小黃」，於是我也小黃東小黃西地親親熱熱地喚。若學校發了什麼零食，我一定會留下小黃的一份，小黃看到我便猛搖尾巴。久而久之，蹓狗和餵食都變成我的工作，時間一久，我宛如刻印店的一份子，進進出出像在自己家，甚至會幫忙遞水給客人和找零錢。

刻印店從早到晚開著，阿姨幾乎是從起床後便窩在一樓的工作檯，睜大著眼寫字，瞇著眼操作機器，抿著嘴磨印章。凌亂的工作檯其實也不過就是個半淘汰的不鏽鋼辦公桌，上頭擺著一台褐色的手動刻印機和一盞燈泡式不亮不暗的燈。桌上堆著高高低低的印章，有木頭的玉質的石頭的，各種形狀大小皆有，看來非常像疊疊樂的玩具，因此我常在一旁疊得不亦樂乎。桌旁有個附門的四層櫃，一拉開，裡頭都是刻好待交件的印章，印章盒上頭附有寫著客人姓名和電話的白紙，白紙上還有一個試蓋的紅圖樣。我常常會把印章拿出來，觀察那些名字用一般的字體直接寫下來與試蓋的紅圖樣究竟有什麼差別。中國人的名字實在非常適合篆刻，尤其是遇上有設計感的人，真能把中文的空間美感發揮得既富意趣又有巧趣。當年的我當然說不出這些，只能用崇敬的眼神看著印章阿姨，說：「能給阿姨刻印章真是有福氣！」阿姨聽了顯然非常高興，摸摸我的頭，說：「等你長大需要用到印章時，阿姨一定幫你刻一個最漂亮的。」

可惜的是，我沒有辦法等到長大，因為幾個月後我就搬家了。阿姨知道分離在即的消息時，臉整個垮了下來，半晌不說話。那時的低氣壓令人難受極了，我的反應竟然是嘟著嘴轉身跑走。

再去找阿姨的時候，一向堆得滿滿的工作檯變得非常乾淨，上面放著一個長方形小木匣。阿姨要我打開小木匣——裡頭躺著一個象牙色印章，上面刻著我的名字。不過我注意到阿姨把「寧」刻成「甯」，當我抬頭對上阿姨的眼睛時，看到她正襟危坐，慢慢地說：「這樣走得比較穩。」

# 手

那種歉意大概是每個大人都會產生的，嚴格說來不算是成熟懂事的象徵，不變的卻是我依舊會迴避生命的殘缺，出自一種奇異的本能。

在我幼稚園時，父親開了一家髮廊。那時我們住在大溪，一樓開髮廊二樓是住家。父親在營業時間有剪不完和燙不完的頭髮，打烊了得幫員工上課，假日得做新娘頭。我和姊姊像野孩子一樣整天往外跑，直到父親請了一位阿桑來家裡煮飯，我們才被迫在用餐時間時必須在家裡。

儘管過了將近三十年，但我始終記得那位來家裡煮飯的阿桑，而且我永遠記得第一次見面的心情，因為那名中年女子實在太駭人了！

圓臉的她眉毛很長很淡，眼睛瞇瞇的，下方是小而挺的鼻子，厚厚的嘴唇咧著，露出一口整整齊齊的白牙，人中微微滲出汗珠，半長的髮用夾子夾得非常清爽，一看便知是個勤懇的人。但她的出現立即引發我高分貝的尖叫，讓整個客廳的空氣尷尬極了；更令人尷尬的是，我尖叫完便嚎啕大哭——那個人的手只到手肘就沒了！手肘尖端被劃開來，呈現小小的「V」字狀，竟然能活動自如，彷彿是長錯地方的大拇指和食指。與那名中年婦人初見的畫面，堪稱此生最驚悚的記憶之一。

當晚我便做了惡夢，夢到我窮極無聊地在髮廊裡踅著，而供練習上捲子用的假人頭掙脫了檯面的鐵支架，全繞著我飛。我大喊：「救命！」父親卻因全神貫注在剪頭髮而沒聽見，從沖髮間衝出來的竟是那個煮飯阿桑，她抿著嘴奮力揮舞著手上的蓮蓬頭把假人頭一一打下。最後一個假人頭落地後，我撲倒在她的懷裡，她摸摸我的頭，用一口台灣國語說：「沒素了，沒素了。」我卻因為發覺髮上的不是手指而是狀似木頭的硬物而驚醒。當時牆上的掛鐘正「布穀、布穀、布穀」地叫著，一陣溫熱從屁股傳來——我尿床了。

此後，我便極度厭惡這個可怕的人，對我而言，她比虎姑婆更令人害怕！

她來煮飯，我就躲在房間裡，刻意等到外頭一切的聲響都平寂之後才走出房門。阿桑離開時，飯桌上總擺著一鍋飯和幾碟菜，她常煮的是青翠的高麗菜、黃色的炒蛋，配上墨綠色的花瓜還有褐色的肉鬆。打開陶瓷湯鍋，撲鼻一陣柴魚香，淡褐色味噌湯上浮著白色的豆腐塊和一小撮青蔥，煞是美麗。其實桌上的每一樣都是我愛吃的，但一想到那些出自阿桑的手就食慾頓消。

父親每次上樓吃飯，都會問我：「阿桑呢？」我總沒好氣地回答：「我怎麼知道？」眼裡都是淚。我不知道該怎麼解釋我一口也吃不下，也不敢告訴父親我作的那個夢，以及充滿尿騷味的被窩。父親見狀，問我：「是不是不喜歡吃阿桑做的菜？」我沒有點頭，也沒有搖頭。父親又說：

「你看姊姊吃很多。」我依舊低著頭，不發一語。我跟父親說她切蘿蔔的時候，會拿沒有手掌的圓圓的那邊按住蘿蔔，再用好的那隻手切，那樣的畫面對我而言比任何恐怖片都令人害怕。父親重重地嘆了一口氣，好聲好氣地說：「那麼多人可以煮飯，偏偏請她來家裡幫忙，正是因為她的手這樣，找不到工作，所以爸爸才特別請她。懂嗎？」我用力地搖頭，大喊：「我不懂我不懂我不懂！」父親鐵青著臉下樓。

即便阿桑勤於變換菜色，也努力地將食器妝點得十分可愛，但是，只要是她煮的，我就是不肯動筷子。甚至，明明知道不可以，但就是無法掩飾對她的嫌惡。我總是拖到飯菜都涼了，真的餓不過了，才勉強吃幾口，雖然阿桑煮的菜其實滿好吃的。才幾個禮拜，我的臉頰便凹了下去，常常作惡夢且常常尿床，而且小小年紀竟然開始胃痛，一早起床第一件事就是伏在洗手台上吐胃酸。

父親終於投降了，告訴我：「以後阿桑不會到家裡來了。」父親的聲音明顯地比平常低沉且緩慢。

危機解除，我和姊姊又恢復過去拿錢到大溪市集覓食的日子了。一攤又一攤充滿著美食與驚奇的市集是我們的快樂天堂。我們可以握著銅板，一邊玩一邊想今天要吃一球十元的高級冰淇淋還是滷肉飯，要吃醃芭樂還是涼麵或是烤魷魚。

長大後，每次想起這件事，都對那位阿桑打從心底地感到抱歉，那種歉意大概是每個大人都會產生的，嚴格說來不算是成熟懂事的象徵，不變的卻是我依舊會迴避生命的殘缺，出自一種奇異的本能。

# 她不怪

她似乎沒有主動和別人說過話，班上也沒人主動接近她。畢竟在小學生的世界裡，有這樣「不正常」的朋友是件令人尷尬的事，遑論和她一起玩了。

我讀過一所同時容納五千多人的小學，那小學座落在傳統市場與大馬路之間，裡裡外外都喧喧擾擾，夾在中間的孩子們也應著環境的拍子，衝來闖去一刻不得閒。

本來從正門上學的我發現若改由後門，可以多睡五分鐘。因此，隔天就穿越百味聚集又總是濕漉漉的市場上學了。清晨七點多，市場多半是菜販肉販以及各種小生意人，個個一台幾乎一模一樣的不鏽鋼或深藍色推車，來來去去地裝貨卸貨。市場外圍的側邊，擺著許多幾乎到成人胸部高的橘色膠桶，每桶都裝著滿滿的酸菜，鎮日散發一股令人掩鼻的氣味，我每次都用小跑步的方式速速通過，生怕多耽擱一會兒就要沾上那嗆人的酸氣。

那天，每個人進教室時都愣了一下——最靠近走廊的角落多了一張桌子，有個頂著一頭馬桶蓋的女孩低著頭看書。喧鬧的教室裡，馬桶蓋女孩顯得格格不入，不只因為她是陌生人，更因為她長得「怪怪的」。老師來了之後，交代：「班上多了一位新同學，相信大家都看到了，坐在角落的那個。以後大家要多多照顧新同學。現在大家鼓掌歡迎。」僅此而已。

老師通常會要新同學上台自我介紹，那次是唯一的例外。中午吃飯時，我終於知道原因了——新同學是腦性麻痺患者。當然那時我還不知道這個名稱，只是在電影和電視裡看過一樣特徵的人，但一看就很難忘記。

後來班上都有默契地叫新同學「馬桶蓋」。女生多半是私下講，有幾個較晚熟的男生當著人家的面就叫了出來，倒也不見新同學的慍色，只不過，我注意到她後來慢慢地把頭髮留長了一些，瀏海也漸漸地分邊了。

馬桶蓋女孩皮膚慘白，不高，瘦成一把骨頭，看起來比較像是三四年級的體型，她的眉毛又長又濃，眼睛很大，但眼神帶有一種抗拒的姿態，前排牙齒很大且微微外傾，因此嘴巴闔不太上。印象中我沒看見那張略歪的臉有過笑容，不過倒也沒見過她怒氣沖沖的樣子。馬桶蓋女孩不需倚靠助行器，但下肢缺乏力量，雖然站得穩，但行進時手會不自主地前後大力搖晃，不協調的動作很引人注意。她似乎沒有主動和別人說過話，班上也沒人主動接近她。畢竟在小學生的世界裡，有這樣「不正常」的朋友是件令人尷尬的事，遑論和她一起玩了。馬桶蓋女孩總是在角落挺挺地坐著，安安靜靜地看書。

我的成績單上總是得到導師「活潑樂群」的評語。我非常喜歡把別人的事攬在自己身上，那樣會帶來滿滿的成就感，就某種意義而言，恐怕也是「把自己的快樂建築在別人的痛苦上」吧。儘管如此，我罕見地難以突破心理障礙——明知馬桶蓋女孩需要幫助，但我從沒主動攙扶她上下樓。自我說服的說法是「讓她自己來，她才能自在」，深層原因當然是我不希望被別人看到我和她在一起，那樣會讓我覺得難堪。發作業和考卷時，我對別人是叫名字讓人到講台領，對馬桶蓋女孩則每每是直接送到她的桌上，這樣連名字都不必叫，那時的我竟連在公眾面前叫她的名字都會感到彆扭。馬桶蓋女孩每天只是靜靜地坐在角落，吃力地寫著歪歪扭扭的字，慢吞吞地吃飯。

其實只要我登高一呼，馬桶蓋女孩即使不會瞬間得到知心好友，但絕對不會形單影隻，但我就是做不到。一段時間過去了，終於有位平常話不多、卻也不算內向的同學挺身而出，主動幫馬桶蓋女孩把便當放進蒸飯籃，每天早上背她到操場參加升旗典禮。不僅如此，放學時還留最後一個，只為了背她下樓，甚至主動護送同路隊的馬桶蓋女孩回家。在孩子的世界裡，這些義舉簡直是不可思議到極點！覺得「生活與倫理」課本乾脆直接寫這個同學的例子算了。那位同學立即變成大家津津樂道的話題——即便她做這些事時極為低調。但怎麼低調得成呢？

英雄換人當了，我為此悵然若失。我本來想教馬桶蓋女孩功課，作為某種形式的亡羊補牢，不過因為她曾因手術而休學一年，所以我們的進度對她來說是舊經驗，並沒有跟不上的問題，只是寫考卷的速度較慢而已。那段時間，學校生活以一種令我納悶的形式走著，我吃力地跟著卻總是落拍。最令我不解的是老師從未公開表揚過那位行善的同學。而且，我也注意到除了一些需要協助的特定時刻，那兩人並沒有任何互動或交談，我甚至發現她們在不得不四目交接時，彼此都流露某種尷尬的表情。

星期天早晨，天光正好，鳥語花香，我騎單車經過一條巷子，突然看見英雄從某間房子走了出來，我正要騎過去打招呼，卻在兩秒鐘後突然煞車，撇過輪子也別過臉——英雄和馬桶蓋女孩在母親一手一個的陪同下走了出來。

原來她們是親姊妹。靜心一想，兩人的眉眼的確神似，尤其是那對濃眉。

我記得那天我震驚到說不出話來，也記得非常清楚當時最深刻的情緒是憤怒，胸口冒出一團火，臉都紅了。英雄和馬桶蓋女孩都沒有發現我，我被迫守著這個祕密，當晚睡得相當不好，翻來又覆去。

隔天我睡過頭，眼看就要遲到了，抓起書包就往外衝，經過傳統市場時，卻沒有力氣再跑了，只好氣喘吁吁慢慢走。無論如何是來不及了，倒生出閒情逸致數數到底有幾個大橘膠桶，並親眼看到市場裡的小販如何拿出那些酸菜。然後，一整天都疑心自己身上有酸味。我很想問人自己是否散發怪味，但實在拉不下臉。我那天不斷經過那對姊妹，測試她們對我的反應，卻只是得到「自己這樣真蠢」的結論。

到畢業之前，我都沒再和那對姊妹說過話，出於一種自己也說不明白的原因。而且，我也不再吃酸菜了。

# 五股的河邊

姑姑至今仍對姊姊帶著我攔計程車從五股直接坐到天母感到不可思議。什麼不該記的我都記得了，這種事我偏偏忘得一乾二淨，但我相信姊姊的個性是做得出這種事的。

某次和姑姑看電視，新聞主播敘述：「五股工業區今天清晨發生一起火警……」我隨口接著：「不知道五股爺爺和五股奶奶還在嗎？」姑姑突然轉過頭：「你還記得你住過五股？」我回：「拜託，怎麼可能忘記？」

姑姑說：「可是，當時你還非常小欸。」

我和姊姊曾寄住於一對老夫婦家，那對老夫婦和我毫無親戚關係，住在五股，我都喊他們「五股爺爺」和「五股奶奶」。

那個家就只有五股爺爺和五股奶奶，他們非常兇！尤其是五股奶奶。我唯一喜歡她的時候是紅燒吳郭魚出現時。幼年的我食量非常小，是標準的瘦乾巴，但是澆了紅燒魚湯的白飯，我可以連吃兩碗。五股爺爺雖然也兇，但是我對他的印象稍微好一點點，那一點點是因為他每天晚餐一定會配趙樹海主持的「大家一起來」。住在五股的那段時光，我最喜歡的就是一邊吃著澆了紅燒魚湯的白飯一邊看「大家一起來」——那是我最早有印象的電視節目，且因為幾乎每晚都看，使得日後凡是益智問答節目或和猜謎沾上邊的例如「強棒出擊」、「繞著地球跑」、「江山萬里情」甚至是「綜藝萬花筒」，我都毫無抵抗力。

姑姑說起那年她才剛回到台灣，門鈴突然一陣響，一開門看到的竟是位陌生的中年平頭男子和一輛未熄火的計程車，接著車子後門砰的一聲被推開，姊姊和我衝出來——就只有兩個小孩！姑姑嚇了好大一跳，付了昂貴的車資後，還來不及進到屋內，姊姊便滔滔不絕地說起五股爺爺和五股奶奶的惡行惡狀。姑姑說我小到連話都顛三倒四講不清楚，只是不斷地在旁隨著姊姊的話拚命點頭，並不斷地趁姊姊換氣的空檔大力地用右手捶左手，大聲喊著：「打！打！」姊姊就補充：「他們打威威。」姑姑至今仍對姊姊帶著我攔計程車從五股直接坐到天母感到不可思議。什麼不該記的我都記得了，這種事我偏偏忘得一乾二淨，但我相信姊姊的個性是做得出這種事的。

午睡過後，我和姊姊會被五股爺爺帶著在河邊散步。那條路灰撲撲的，淨是水泥與石礫，既無綠意亦毫無美感可言。我不知道姊姊當時是怎麼想的，但我依稀記得我非常討厭和五股爺爺散步！因為不知為何他非得要我走在他的後頭，五股爺爺走著走著常常會放屁，氣味相當驚悚，而那時我的臉的高度又恰恰對到他的屁股。唯一的救贖是河堤的雞蛋糕。五股爺爺會固定買一攤雞蛋糕給我們當點心。那家雞蛋糕生意興隆，所以客人買到的永遠是剛出爐的，香噴噴，捧在手裡熱呼呼，口感又紮實，說有多好吃就有多好吃。而且，那攤雞蛋糕的模型有手槍、公雞、大象和豬，光是拿來當玩具就可以演十分鐘的打獵劇，再趁還沒涼透時趕快吃掉。幼年的我喜歡槍，討厭豬，所以若拿到手槍，便狂喜，若拿到豬，則會央求姊姊和我交換。對於姊姊，管他是豬還是槍，總之還不就是雞蛋糕？吃下肚通通一樣；但對我來說，只要拿到一隻豬，便會讓我萬分委屈，又捨不得不吃。從這點可以看出我和姊姊個性迥異——姊姊從小務實，而我則容易被外表所迷惑。我不能理解既然可以是槍，為什麼還要有豬、雞和象？看來只願意看到自己喜歡的，而全然不顧別人喜好的這個毛病也是從小就有的。

五股爺爺有時睡得太久，我和姊姊按捺不住，便自己去河邊了。雖然是同樣的路線，但是我們身上一塊錢都沒有，所以沒雞蛋糕可吃，只能往河裡丟石子或鬼吼鬼叫。我至今仍記得那條又寬又髒、常漂著各種東西的河。我們常常看到一整張的蛇皮，緩緩地從面前漂啊漂地往前流去，有時蛇皮不只一張，令我們瞬間起雞皮疙瘩。我總是拾起石子奮力砸去，砸到的機會微乎其微，即便真砸到了，蛇皮也只是輕輕地下沉一秒，又繼續高高低低搖搖晃晃地往前流去了。沒有蛇皮可丟時，我們最常演戲。

說起演戲，姊姊真是天生的戲精！她從小就會自編自導自演，且非常懂得因地制宜就地取材，故事背景與台詞由她一手包辦，而我則是主角以外的所有角色，並負責所有音效。我們最常演的是某種不古不今不中不西的宮廷劇。演宮廷劇時，大我三歲的姊姊永遠是美麗而多愁善感的公主，而我最常扮演的是武藝高強負責保護公主的武士。不管前面的劇情是什麼，到了後頭兩人總是被困著，後有追兵，前有護城河，進退兩難僅能坐在河邊發愁。那時，總會有某種奇蹟突然出現，也許是武士突然踢到草叢裡好心的神仙姊姊在五百年前便藏好的大力丸（此時姊姊通常會岔出去一人分飾二角，倒敘扮演五百年前的神仙姊姊），殆有神助以一敵百；或是坐騎甚有靈性，犧牲自己引誘敵人到懸崖，發出一長聲淒厲而堅忍的哀嚎後敵獸俱亡。年久失修，我已忘記當時我究竟是被迫還是自願，即便是演森林古堡劇，姊姊也是演落難的公主，而我若非見義勇為的武士，或是路過的好心樵夫，就是提供食物和避寒小屋的土著。而且，不知道為什麼，我的角色常常誤服毒物或為保護公主而壯烈犧牲。戲分卑微又提早結束常讓我抱怨不已，但姊姊又總能在我演的帥氣武士壯烈犧牲後，將我改成忠心的夢幻坐騎——可能是馬、老虎或獨角獸，坐騎也死於槍林彈雨後，又把我換成為公主開城門的守城人；東窗事發，守城人寧死也不肯透露公主下落而死於非命之後，我又變成在樹林裡救起公主，最後把公主帶到城堡，從此和公主過著幸福快樂的生活的王子。所以就某種程度而言，我才是真正的主角。姊姊似乎是這樣說服我的。

現在回想起來，真不敢相信一向叛逆有主見的我竟有那麼一段「唯姊是從」的時期。長大的姊姊一定也非常懷念那個總在她身邊繞來繞去，一不讓跟就嚎啕大哭，甚至哭到吐也在所不惜的小妹妹吧。

【輯三】

# 滋味

# 老薛牛肉麵

我們應該是老薛最後的客人，但老薛從來沒有在我們用餐時進行打烊的前置作業，也從來沒有在我們面前露出勞累整天後的倦容。一個多月中幾乎夜夜都去老薛那邊報到，每次都是同樣的畫面，溫馨而靜好。

十二歲那年，父親經商失敗，在亟需大量資金周轉卻因門衰祚薄而借貸無門的情況下，竟瞞著家人找了地下錢莊。沒多久，不堪錢莊滾雪球般的利息，且預料即將東窗事發，父親便帶著姊姊和我從原本的生活圈中逃逸，改名換姓轉徙流離。那段日子棲身於各個廉價旅社，日裡夜裡的每一個腳步聲都能牽動神經末梢，父親總在床上翻來覆去，翻出了好多白頭髮。

幾個月後，終於在台北暫時落了腳，因為父親說：「人越多的地方越安全。」那年發生了許多事，都因為過於緊張急慌而如浮光掠影一般轉身即逝，然而至今我仍記得老薛以及那個老舊的麵攤。

廚藝很好的父親在萬芳醫院旁擺起一個小攤子，賣小吃和熱飲。每天下午三點出攤，晚上十二點收攤。剛開始沒有固定客源，一天收入大概只有一、兩千塊，扣掉成本，只有蠅頭小利；若又遇到警察開單，便形同整週白做工。每到晚餐時間，父親都會炸幾片臭豆腐自己吃，而給我們兩百元去吃晚餐。姊姊和我總是到一家老字號的燒臘店買便當回來，吃幾口便說吃不下，要父親幫忙吃完。那時父親總是皺著眉，彷彿在說：「以後吃不下就別買這麼多。」在回家的路上，父親的表情總是鬱鬱的，常常一路無話，只聽見雨刷聲以及打方向燈噠噠噠噠的聲音。姊姊和我坐在老舊發財車的前座，常常搖著晃著就擠擠挨挨地睡著了。

父親用料實在，待客誠懇，注重衛生且對每一個小步驟都不肯馬虎，因此生意漸漸上軌道。營業額較為穩定之後，父親的眉頭鬆開些，並且會在收攤後帶我們去吃消夜——那是一天之中我最期待的時刻。

一個冬日的深夜，在回家的路上突然下起傾盆大雨，前面隱隱有招牌還亮著，上面寫著「老薛牛肉麵」，父親便在路旁停了車。拾著約莫十幾階灰撲撲的水泥階梯而下，滷肉的香氣便撲鼻而來，三人一試成主顧。除了老薛的東西樣樣好吃又便宜之外，去到那裡會有一種回到家的感覺。父親在那裡話多了，表情也豐富了，暫時恢復以前幽默開朗的模樣。雖然那時距離出事不到一年，但聽到父親暢快的笑聲真有恍若隔世之感。

現在回想起來，那家麵攤的位置似乎是一個社區的入口處。因為社區位在山坡上，所以攤子就像是在地下室，十分潮濕，但也比較暖和。階梯下擺著一台高高疊著碗盤的銀色攤車，旁邊有三張木質方桌，每張方桌配四張木圓凳；最裡頭的一張桌子上放了台具有錄放功能的黑色收音機，天線伸得很長，但仍然有雜音，收音機傳出的多半是老歌。夜深了，收音機的音量相當節制。

半夜一點多，除了我們，沒有其他的客人。老闆戴著軍綠色的毛帽，用一條棗紅色的抹布用力地擦拭攤車面板。那應該就是老薛了。最裡面的那張桌子旁坐著一位和老薛一樣老的婆婆。婆婆矮矮胖胖的，一張孩子式的團臉，深深的雙眼皮，長長的眼尾，以及一個塌塌大大的鼻子，嘴的周圍布滿小籠包式的皺褶。老婆婆戴著同樣的軍綠色毛帽，圍著咖啡色格子圍巾，低著頭對著一個深藍色塑膠盆剝毛豆。老婆婆的手有點兒晃，因此剝完的毛豆落在盆裡的少，落在桌面的多，因此剝著剝著常常會自己訕訕地笑著，而她一笑，老薛也笑了，我們也跟著笑了。

有幾個夜實在是太凍了，令人做什麼都提不起勁。那樣的夜裡老婆婆的頭會越來越低，越來越低，然後就這樣停在半空中。過了一會兒，老薛便會慢慢地走了過來，拿下婆婆的眼鏡，說：「天冷，進屋了吧，先睡。」

婆婆總是搖搖頭，睜開眼睛慌慌張張地問：「我的眼鏡呢？」然後，老薛會回答：「喏，給你擱桌上。」婆婆聽完後頭又垂了下去。這時老薛會輕輕地撥開毛豆和盆子，換上一個繡著大紅牡丹的枕頭。老婆婆不必張開眼睛也能正確地緩緩地枕在牡丹花上，過不到兩分鐘便會發出鼾聲。祖母在我很小的時候就去世了，父親也許從婆婆身上看見別的什麼，因為他總擔心這樣睡著會不會著涼，面露關切地望著老薛。老薛說：「她這脾氣，拗的！非要等我，沒辦法。」父親說：「有沒有考慮早點收攤？開太晚了。」老薛不疾不徐地說：「不成不成，總得要讓晚回家的人有熱呼呼的麵吃唄。」這麼一講，父親便沒得回了，因為我們一家便是受惠者之一。在嚴冬的深夜能吃到熱呼呼的麵，喝到熱呼呼的湯，實在是一件幸福的事。

父親每次一看到老薛的臉，第一句話就是：「一樣。」斜叼著菸的老薛點點頭，打開小木櫃的綠紗窗，拿出滷菜俐落地切著剁著，一夫當關萬夫莫敵的模樣。老薛用的菜刀和木砧板都比一般人用的厚重，豆豆豆的聲音規律而厚實，令人光聽著便感到心安。父親點牛肉湯麵，姊姊和我點的是榨菜肉絲麵，麵要寬的——老薛自己擀的家常麵嚼勁十足。姊姊會點一隻鴨頭——滷到骨頭都酥了，可以整隻下肚。老薛總是在我們的麵裡加顆免費的滷蛋。老薛的滷蛋特別大，我問老薛是不是只用巨無霸雞生的蛋？老薛瞇著眼，彈了下菸灰，說：「那是鴨蛋吶。」

從滷菜櫃以及醬料筒推想老薛的生意應該滿好的，不過也許是因我們實在是太晚去了，幾乎每次都只有我們這一桌客人。我們應該是老薛最後的客人，但老薛從來沒有在我們用餐時進行打烊的前置作業，也從來沒有在我們面前露出勞累整天後的倦容，大概因為同樣做小吃這行，我知道這點相當不容易。一個多月幾乎夜夜都去老薛那邊報到，每次都是同樣的畫面，溫馨而靜好——「紅泥小火爐」的味道。

這樣的靜好突然起了變化——後方那個剝毛豆的婆婆不坐在那裡了。也許實在太冷了，婆婆終於聽話乖乖進屋睡了。過幾天去，老薛的招牌竟然沒亮，趨前一看，果真沒有營業。隔幾天去，午夜的整條街仍是暗的；隔幾天再去，招牌的燈仍然沒亮。「老薛究竟去哪兒了呢？該不會發生了什麼意外？」這樣的疑問相信也出現在父親和姊姊的腦海中，但三人刻意不去討論這件事，因為人在面對自己在乎的事時，多半會變得特別迷信，彷彿一說出口，所有不該發生的事都會發生。

不知不覺地，不用再穿外套了，父親將燒仙草的牌子拿下，換上愛玉冰的看板。父親有時候會帶我們去陽明山吃披薩看夜景，有時候會帶我們去貓空喝碧螺春嚼魷魚絲嗑瓜子。

一個夜裡，又經過那條街，遠遠就看到老薛的招牌竟然亮著！霎時車內響起一陣歡呼。衝下台階，老薛竟然不在攤子旁邊，原來他坐在最裡頭的桌子旁低著頭剝毛豆。那個畫面有著說不出的突兀，不過一時之間也無法完全明白究竟哪裡不對勁，坐下時才驚覺那是我第一次看到老薛坐著。父親大聲地向老薛打招呼，聲音因為太高興而略略上揚且顫抖。老薛緩緩地抬起頭，僵硬地轉動脖子找尋聲音的來源，雖然仍然斜斜地叼根菸，然而眼神渙散，眼泡浮腫得更大了，灰白的鬍碴像是抹上整碟菸灰。整個人都不對了。老薛旁邊擺著一個木質相框，裡頭裝著一幀黑白相片，我在第一時間沒認出來，因為相片中的人沒有戴那頂毛帽，也沒有圍圍巾，但那人不是婆婆又是誰呢？一樣是孩子式的團臉，深深的雙眼皮，長長的眼尾與塌塌大大的鼻子。大概婆婆已經許多年沒有照相了，眼神怯怯的，像個初到新班級的女學生，站在台上，看哪兒都不自在。說來慚愧，我竟然會害怕那張照片，只看了一眼頭便低了下來。

我以為父親會問老薛的近況，沒想到父親還是向老薛說：「一樣。」這次的聲音便沉下去了。老薛放下毛豆，將雙手在藍圍裙上抹了抹，然後緩緩而重重地點點頭，便走到攤車旁打開綠紗窗了。一陣豆豆豆豆之後，老薛端上一盤豬耳朵和海帶豆乾的小拼盤。之後，端來三碗餛飩麵。老薛又回去剝毛豆，頭低低的，手有些發晃，毛豆落在盆裡的少，落在桌面上的多。小拼盤中的海帶和豆干滷得相當入味，但豬耳朵本應切成條狀卻沒切斷。雖然麵裡依舊多放了顆滷蛋，但不知怎麼吃著吃著眼睛便霧了。三人默默地吃著，除了吸麵條時發出的窸窸窣窣聲之外，沒有人有一句話，並且知道彼此心裡都想著同一件事：老薛這裡也許再來也沒幾次了。

又來了一桌客人。一位中年男子大概是喝了酒，大聲吆喝著：「老薛，來三碗牛肉麵，一碗乾麵。來個拼盤，隨你拼。要鴨頭。」另一名男子突然說：「你前陣子怎麼啦？我好幾次專門開車來這，跑哪去啦？還以為你賺飽了不幹了。」老薛也不朝那人看，只是機械性地拿起不鏽鋼圓勺。滷鍋咕嚕咕嚕地燉著，老薛掀開鍋蓋，香味隨著煙霧瀰漫，老薛的輪廓在煙霧中模糊了一下。鄧麗君在嘶嘶嘶的雜音中輕輕地唱著：「今宵離別後，何日君再來？」

# 味噌湯

在我的記憶裡，那是天母時期的姑姑唯一一次下廚，也是我第一次看到姑姑略顯慌張的樣子。味噌湯見底的隔天，我和姊姊就被送回家了，縱然心裡有一千個不願意，但沒人能阻止午夜的鐘聲響起。

紅牡丹在白底大瓷鍋上盛開，褐色的蓋子伴著咕嚕咕嚕聲一掀一掀，味噌、昆布和小魚乾的味道四溢，竄出的白煙像是無數隻粉蝶撲面飛來。整間廚房香香暖暖，聚集了人間各種小小的美好。

姑姑在裙子上擦了擦手後，墊著一塊潔淨的白抹布，千驚萬險地取下蓋子；接著，拿不鏽鋼圓勺舀些淺褐色的湯，對著勺子用力吹了幾下，瞇著眼試味道。點了點頭，姑姑把火關了。聽到「喀」的一聲，我和姊姊就端碗白飯來了。姑姑帶著笑說：「冰箱裡的東西全在鍋裡和碗裡了。」

即便已經連續三天喝味噌湯，我仍是一碗接著一碗——湯泡飯，沒別的菜。小魚乾和昆布的鮮味以及味噌的甘甜全滲入豆腐裡，微黃的豆腐在繪著回字圖案的紅白調羹裡輕輕地晃著，像是撒嬌的小女孩，微側著臉，輕輕地搖著身子討糖吃。

在我的記憶裡，那是天母時期的姑姑唯一一次下廚，也是我第一次看到姑姑略顯慌張的樣子。味噌湯見底的隔天，我和姊姊就被送回家了，縱然心裡有一千個不願意，但沒人能阻止午夜的鐘聲響起。

好一段時間沒有聽到姑姑的消息，姑姑卻突然回台灣定居了。

姑姑本來在銀行上班，認識了每個月固定來兌現薪資支票的美國人。婚後，隨著先生的探油工作繞著地球跑。夫妻倆把小我兩歲的獨子交由天母的保姆帶，每次回台灣，儘管停留的時間很短暫，一定會把兒子接回來團聚，並派南瓜馬車載我和姊姊去天母玩。表弟金髮碧眼，皮膚白裡透紅唇紅齒白，是洋娃娃的真人版。表弟在保姆家過著錦衣玉食備受呵護的生活，因此，不覺得「爹地媽咪」回來了有什麼稀罕；然而，對於三餐無人照料、常餓肚子的我們來說，沒有什麼比「姑姑回台灣」更令人興奮的消息了——在姑姑家，我們是十二點前的灰姑娘。

姑姑不僅會變出許多台灣根本買不到的玩具和巧克力，還會帶我們去百貨公司買喜歡的東西，去法國餐廳和吃福樂冰淇淋。在餐廳裡，我們都有一份菜單，各自點自己想吃的。表弟所得到的，我和姊姊一定都有，反之則未必。姑姑在做決定之前，總會詢問我們的意見，只要我們搖頭，就絕對不用擔心被勉強。父親在過年時讓同居女友買件兩萬元的長大衣，再交給姑姑四千元，要姑姑帶我和姊姊去買新衣，姑姑自掏腰包帶我們去麗嬰房買單件五千的上衣和單件五千元的褲子和單件五千元的外套。跟著姑姑到哪兒都是以計程車代步，哪兒有好吃好玩的，我們就會出現在那兒。

童年出遊的照片幾乎都是姑姑幫我們拍的。我們最期待姑姑帶我們去看美國來的「白雪溜冰團」和「太陽馬戲團」，我永遠忘不了當我戴著銀色的后冠拿著魔法棒走在星空下時，心中的狂喜簡直要把胸口給撐裂了。有一回，當年幼的我被問到「天堂在哪裡？」時，竟不假思索地說：「天母的姑姑家。」

大概是在我十歲的時候，姑姑和姑丈回到台灣定居。天母的花園洋房成為海市蜃樓，身形高大的姑姑和姑丈跟我們窩在中壢的小公寓。中壢時期的姑姑坐公車，去雜貨店，也去傳統市場，織毛衣毛帽，做紅燒獅子頭與粉蒸排骨。

姑姑採買前會寫一張購物明細，上面充滿塗改的痕跡與刪除的橫線，有的明明已經被刪掉的品項，又再被寫了回來，那些東西多半是冰淇淋、巧克力或是洋芋片。姑姑買東西時會把東西拿得很近，拉低眼鏡，看好價錢，用筆記下，仰頭睨著天花板撥著無形算盤，貨比三家後才把東西穩穩地放入籃內。

姑姑會帶著我們上市場。她總是邊掀魚鰓、捏肉、揀蛤蜊、敲西瓜，邊和攤販詢價和殺價，邊討一把蔥或幾瓣蒜頭。我著實花了一段時間適應人間的姑姑——當然我也喜歡在回家的路上，姑姑買三個十元的車輪餅或是一隻十元的炸雞翅給我們吃。我雖然常常不免感到詫異，但柴米油鹽醬醋茶的日子自有種難以言喻的安穩——只不過當拎著沉沉的西瓜時，仍會暗自希望姑姑突然招手攔計程車。

沒多久姑姑竟開始上班了。才說要找工作，隔幾天便出現在英文補習班的文宣和墊板上。兩年後，姑姑有了自己的補習班。姑姑把我帶去上初階美語課，雖然只是學幾句「piano」、「pencil」和「How are you?」「See you.」都在在讓我發自內心地興奮了起來，像是終於拉到了世界之船的纜子，隨時準備好，要跟著那艘大船在藍天的陽光下乘風破浪去了。

我從沒想過人世變化的骨牌一旦被推倒了第一張，未來就兵敗如山倒。家庭的分崩離析，看似意料之外其實都在情理之中。

鰥居在大溪眷村的爺爺重病，姑姑一家便搬去跟爺爺同住。在二十幾年前，姑姑的家教班在鄉下地方算是相當新穎又親切；因此，周遭只要有孩子想學英文的，沒有不被送來姑姑這邊的。於是，姑姑又成為家族的經濟支柱，這次姑姑戶頭的每一塊錢都是她自己賺的。但，也不過就是那幾年之間的事，父親經商失敗，捅出的紕漏皆由姑姑概括承受。屋漏時大概就偏偏會遇到連夜的雨，那段時間爺爺的健康情況每況愈下，不僅無法下樓，連便溺都只能在特殊用椅，且皆須由姑姑傾倒，胃弱的姑姑總是吐得一把眼淚一把鼻涕。姑丈在美國陪著表弟，又氣急敗壞地帶著闖禍的表弟回來——表弟的少不更事或說是遲來的叛逆期讓美國的房子沒了，也讓姑姑姑丈一想到便落淚。父親和大伯又一人按著姑姑一邊的肩，一人掏著姑姑一邊的口袋。當時念國中的我僅僅只能在旁邊看著，並在最不恰當的時間點向姑姑拿錢繳學費和補牙齒。於是，我又看到夜燈下塗塗改改的購物單了。那段時間，本來不顯老的姑姑沒染髮簡直不敢出門，牙齦也常常發炎腫脹，戴不上假牙，飯菜無心——雖然本來就食不下嚥。

為了躲避紛至沓來的債主，姑姑把補習班收起來了，和姑丈不斷地搬家，不斷地換電話。好在眷村的老家因為一紙公文拆了，搬到哪兒都一樣了。

確定要搬離眷村時，姑姑為家中的祖先牌位傷透腦筋。那些我們壓根兒沒見過，連名字都異樣陌生的小木牌落不了地，也生不了根。最後姑姑還是決定交給大伯。於是，我們許久沒有在除夕夜拜祖先和燒紙錢。過年也不再有年味。

姊姊結婚之後，這幾年的年夜飯就只剩下我陪著姑姑和姑丈。我在兩年前帶回家的一條流浪狗成為全家的重心，三句話不離牠。雖然那條狗被養得又胖又懶，霸占家中最舒適的一張躺椅，且愛裝耳聾以逃避人類無聊的握手遊戲；但只要有牠在身邊，終日悶在家的姑姑和姑丈就暫時忘記哭泣和嘆息。

前些日子，跟姑姑一起攲在沙發上看電視，無意間轉到烹飪教學節目。主持人哇啦哇啦地介紹鏡頭前戴著白色高帽、矮個子、有點兒鄉氣的廚師。廚師滔滔不絕地強調他的料理簡單素樸又健康，人人依樣畫葫蘆在家做，保證一試就上手，健康保永久。鏡頭由廚師的臉轉到瓦斯爐上時，一鍋五分滿的味噌湯成為畫面的主角，豆腐、昆布和小魚乾在淺褐色的湯中載浮載沉，看來十分誘人。那個畫面有點兒眼熟，因此，我趁機提出放在心裡多年的疑問，轉頭對姑姑說：「為什麼都不煮味噌湯了？我只要一看到就想起小時候住在天母的那段時光。那裡的生活好像作夢一樣。」姑姑愣了幾秒，才帶著笑說：「所以我才不再煮味噌湯了。」

# 花生奶油麵包

在半明半昧中，鮮奶油上的花生粉散發出簡直是聖潔的光暈。那是我對飢餓感受最深刻的記憶。

小時候常見一種花生奶油麵包——兩個比拳頭略大的黃油麵包中間夾著白色鮮奶油，鮮奶油上錯落有致地灑著花生粉。在日式麵包店尚未席捲全台之前，那是每家麵包店的基本款，即便鄉下沿途以擴音器叫賣「波蘿麵包、奶油麵包、炸彈麵包……」的麵包車也必備。那是姊姊童年時的最愛，卻承載了我不忍回想卻不時迸現的一段記憶。

我從小就住在別人的房子裡，每隔一陣子搬家早已成為生命的節奏感。每個家的共同特色是：家具不多僅止於堪用、毫無裝潢，充滿不經意、疲憊與暫時性的氣息。那個藏著花生奶油麵包記憶的家在鄰著馬路的公寓二樓，有間鼓室，每個角落都有被摔壞的鬧鐘。那個時期的父親是髮廊老闆，髮廊就開在住家旁的一樓。當時未滿三十歲的父親光鮮亮麗笑臉迎人，神清氣爽毫無煩憂。父親曾獲得全台新娘造型的冠軍，也為白嘉莉做頭髮造型。那時的父親和電影圈接近過，雖然他對演藝圈沒有興趣，但仍有一些明星級的好友，家中曾有父親和林青霞與秦漢在片廠的合照——雖然當時的我根本不知道照片中的人是誰。鄰居有一對雙胞胎叔叔，高壯的兩人常穿著一模一樣的背心，蓄著小鬍子，頭髮微捲，會和父親聊天但很少和我說話，看起來不太和善。後來父親帶我看電影，我驚訝地發現他們在裡頭發狠地打鬥。父親說他們是演員，不過多半是小角色，且因為長相的關係而幾乎都是演反派。父親的眾多朋友中，我印象最深的是寫武俠小說的古龍，我對他的印象一言以蔽之就是個「愛喝酒的叔叔」。小學時翻到家裡的《蕭十一郎》，雖然知道作者已經離開了，卻仍彷彿聞到一種親切的酒味。我很喜歡去古龍叔叔家玩，因為那兒有個掛壁式拳擊練習器，叔叔會幫我套上拳擊手套，把我抱起對著它猛揮拳，還會幫我吆喝著喊數——我會記得這麼清楚是因他是唯一陪我玩過拳擊的人。他過世後，父親帶我去他家，絮絮叨叨地對我說了許多話，但我記得的大概只有「都是酒害了他。」以及「我們就把這張桌子搬回家吧。作為一種紀念。」那時的我很想問：「我可不可以把拳擊手套和練習器帶回家？」但是因為父親看來很哀傷，我終究還是忍住了。

那段時期的父親工作時間很長，打烊後卻常去酒家或夜總會。籃球選手出身的父親果真是精力充沛到極點。我記得一個夜裡，好風如水，父親拉下鐵門後，沒牽著我的手回家，而是去一個挑高的大房子，門口的霓虹燈璀璨奪目，有許多轎車來來去去，透明旋轉門前西裝油頭的泊車小弟一刻不得閒。大房子裡的人特別亮眼，臉龐隨時晃著七彩的光，紅男綠女個個精心裝扮，且經過時不忘留下嗆人的香味。在震耳欲聾的音樂中，父親為我點了一客巧克力聖代，之後便進去舞池盡情搖擺。父親既瘦且高，長手長腳，但可能是天生的律動感，白衣白褲白靴的他扭腰擺臀時相當自然而帥氣。我開開心心地享用透明大酒杯裡小山似的寶藏，絲毫不覺得獨坐在黑色皮沙發上有何彆扭。只是，當我吃完巧克力聖代時，轉頭卻看不到父親了。又過了許久，仍不見父親出現。音樂還是那麼大聲，旁邊的叔叔阿姨不時瞥過眼打量我，空氣不流通令我感到昏昏沉沉，我終於趴在桌上睡著了。那天我是趴在父親的背上一路睡回去的，身上還穿著制服。我記得那客巧克力聖代濃郁香醇，使得夢裡的我竟自己再點了一客，只是已經不是一樣味道的了。

我很早就了解父親的夜和我們的完全是兩個世界。

我也很早就發現父親對女人的品味——他偏愛年輕、長直髮、嬌小、偏瘦的甜美女子。母親都符合，只是母親很早就失寵了。與其說父親追求年輕美女，不如說父親永遠追求新鮮。不知母親那時為何遲遲沒有離開，但我想不是為了兩個孩子。我始終認為母親愛父親遠遠勝過愛我或姊姊，這並非是作為女兒的感受，而是出於女人的直覺。

又是一個沒有男主人的夜，我和姊姊一人一邊，和母親躺在主臥室的雙人床上。主臥室鄰街，那夜房裡被街上的小型流動夜市吵得鬧哄哄，不須開燈也能看到彼此的臉。母親沒有開燈，我去開燈時，怎麼開都不亮，就知道父親又沒有繳電費了。母親那晚不斷地流著淚，而我和姊姊有點知道又有點不知道她為什麼哭。我們只是在肚子不斷地咕嚕咕嚕叫時，告訴母親我們好餓，可惜母親淡淡地說她身上連十塊錢都沒有。看來一切都陷入絕望，因為父親永遠不會在我們需要他的時候出現。姊姊突然想起當天學校營養午餐剩下的花生奶油麵包，就放在書包裡頭。姊姊趕緊去把它拿到主臥室。在半明半昧中，鮮奶油上的花生粉散發出簡直是聖潔的光暈。那是我對飢餓感受最深刻的記憶。花生奶油麵包約莫兩個拳頭大，一個只值十元，但在那一晚，它是以救命仙丹的姿態出現。姊姊把麵包遞給母親。母親沒有露出笑容，仍舊流著淚，接過後只是輕輕地把麵包分成均等的兩半，並淡淡地說她不餓。我和姊姊頓時狼吞虎嚥，連透明塑膠袋內沾到的鮮奶油都被我們舔得一乾二淨。當時的母親沒有看著我們，她只是側過臉去，望著窗外，臉龐的淚水在半明半昧中隱隱發著光。

此後我沒有吃過更好吃的麵包了，而我和姊姊不約而同地，再也沒有吃過花生奶油麵包。

我到現在都不確定那個夜晚是否真的存在，還是只是出自我一廂情願的想像？唯一能證明的人只有姊姊，但我從未問過她——因為那晚的畫面是我對母親最親密的記憶。

# 排骨糙米粥

雖然如果不是那鍋排骨糙米粥，也許此生都不會想起那個曾彼此陪伴走過一段的女子——有些人不是不願想起，而是不忍想起。

隻身在異鄉工作，最怕的大概就是生病了。去年冬天，雖然千小心萬小心，感冒仍找上門，於是好幾天都陷入頭昏腦脹全身無力外加流鼻水咳嗽的無限循環。偏偏不能請假，各種症狀變本加厲地折磨人。感冒其實沒什麼了不得的，但在需每天連續工作超過十二小時的摧殘下，數度無法集中精神，又不敢吃當地的感冒藥。那樣下去不是辦法，一向外食的我終於捲起袖子為自己煮粥。

去鄰近的傳統市場買了一斤小排骨，在門口的大賣場買了一袋糙米回家。先把小排氽燙去血水後撈起備用，拿出一個房東留下的不鏽鋼鍋，再拿一個白底藍邊的瓷碗，裝了兩碗米洗三遍後粗粗瀝過倒入鍋裡，再加了兩瓶礦泉水進去，在瓦斯爐上「轟」的一聲開了火，一切就開始了。水滾了之後，放入小排骨，加一茶匙的鹽巴，轉文火之後，便拿一本書，在一旁的桌前邊看書邊顧火了。不知是否因為鍋子太小，每隔幾分鐘鍋內的水便會滿溢，得趕緊加一點冷水進去，並得用勺子把浮在上層的雜質舀掉。這其實應該是非常簡單的事，我卻手忙腳亂，書沒看幾頁，倒是把瓦斯爐面弄得相當狼狽。好在被不停散發的肉香與米香鼓勵著，不然沒耐心的我大概早就關火了。當米粒漸漸在翻動中變成越來越不明顯且有點糊的時候，就表示可以入口了。

吃第一口時，因沒有調羹且太過急迫，差點燙到了舌頭。終於可以細細品嚐時，吃了沒幾口，我突然明白一向不下廚的我為何想煮粥了。恍然大悟的瞬間，我有點想笑，又有點想哭。

原來她一直藏在我記憶的夾縫裡。

大概在我小學五年級時，有一位清秀甜美的阿姨常會開車帶我去台北玩。她開一輛白色的小轎車，車子的裡裡外外都乾淨明亮，跟阿姨一個樣。不過嚴格說來阿姨的皮膚有點太白，而眉毛又有點太濃，看來嬌弱卻又有主見。我第一次到八里玩的記憶是她帶我去的，一個多小時的車程中，不斷播放當時最流行的〈夢醒時分〉：「你說你愛了不該愛的人，你的心中滿是傷痕。你說你犯了不該犯的錯，心中滿是悔恨。你說你嚐盡了生活的苦，找不到可以相信的人……」陳淑樺當時的魅力席捲全台，因此我在車上毫無代溝地和阿姨一起大聲唱著，非常快樂。阿姨唱到副歌時，還會轉過頭來和我一起用唱歌劇的表情用力唱著。我到現在都還記得阿姨活潑可愛的笑臉。

雖然是喊「阿姨」，但她其實大我不到九歲。現在的我回頭看才明白大我三歲的姊姊當時極少喊她，應該是因為彆扭吧。

父親喜歡花。愛賞花，愛買花，也愛插花。那段時間，興趣廣泛的父親特別到一家小有名氣的花店學插花，花店老闆的女兒當時讀附近商職的夜間部，回到店時，剛好也是插花課曲終人散時。父親是個一熱衷起來就會忘了時間的人，所以總是最晚走的學員。兩三個月後，花店老闆的女兒便主動指導起這位中年男子。兩三個月後，花店老闆的女兒便開著她的白色轎車帶我出去玩。她還帶我去過她家，她有一張漂亮的大書桌，桌面可以上掀後固定成為畫架，她看我一直玩那個桌面，便說：「看你好像喜歡這張桌子，乾脆送給你吧。」她看我坐在她臥房的鋼琴前，便問我：「你會彈鋼琴嗎？」我搖搖頭，她便在我旁邊坐下，教我一首非常容易上手的曲子。她的耐心與好家教在教我彈琴時表露無遺。再兩三個月後，花店老闆的女兒便住進了我家。阿姨每次回她家後，都會帶回許多漂亮的花。那段時間家裡的客廳、餐廳和臥室都有她和父親一起插的花。阿姨說父親喜歡天堂鳥和姬百合。我隨口問了一句：「那你呢？」她說：「姬百合。」

停頓一下，歪了歪頭，又認真地補充：「還有天堂鳥。」

當年阿姨不滿十九歲，而父親應該是三十四歲。阿姨嬌小白皙，長直髮雙眼皮，的確正中父親的好球帶。而當父親帶阿姨和我和姊姊上餐廳時，父親常因被誤認為帶著三個女兒，而被問：「太太沒跟著一起來嗎？」那時父親總是臉突然一垮，阿姨則沒有特別的表情，只是招呼著我們快翻開菜單看喜歡吃什麼。

那時的家附近有個又長又熱鬧的夜市，阿姨會牽著我去逛逛買買吃吃喝喝。有一次我帶著全套的史努比床具組回家，我還記得當姊姊知道我沒有找她而和阿姨去逛夜市時，嘴一撇頭一轉，整晚不理我。那是一種對待背叛者的姿態。不知道父親怎麼想，當時的我是真心希望阿姨一直和我們在一起的，因為她甚至記得我和班上哪個同學比較要好。不過，似乎不能算是意料之外，當阿姨住到我們家後，父親又變得不常回家了。

父親不回家的那段日子，阿姨的肚子已經大到遮不住了。阿姨在我們面前仍常帶著甜美而單純的微笑。

有一天阿姨看到我沒精神，摸摸我的頭，發現我感冒了，她說吃藥對身體不好，於是為我煮了一鍋粥。她說她小時候很期待感冒，感冒了就可以吃到媽媽煮的排骨糙米粥，因此她病好了不會馬上告訴媽媽。那鍋排骨糙米粥的材料非常簡單，只有排骨和糙米，調味料也只用了一匙鹽巴。她煮那鍋粥時，因為我從頭到尾都在旁邊看著，所以她說那是我們一起煮的。她告訴我排骨在放進鍋和米飯一起煮之前，要先汆燙過，而且要用小火煮，米粒才能入味，而且一定要用糙米，這樣營養才夠，吃下去身體馬上就有抵抗力了。她一邊說一邊攪，身邊盡是肉和米樸質的香氣。不知道粥是否是感冒的特效藥，但吃完那鍋平淡無奇的排骨糙米粥後，我的確精神好多了。

阿姨的肚子越來越大，臉圓了，鼻子和眼睛周遭上長了褐色的斑，肚皮上也出現像長頸鹿身上的紋路。我幫著阿姨一起在那些紋路上用力地抹膏藥，她說那是妊娠膏，要努力抹將來才不會留下妊娠紋。

有一天午後，我和阿姨在家裡，兩人躺在主臥室的床上聊天，突然聽到有人狂按電鈴。我們互看一眼後，非常有默契地不去開門。電鈴終於停了的時候，取而代之的是一陣狂亂的敲門聲，還有主臥室前任女主人的咆哮聲。我聽見鐵門的撞擊聲和門鏈被拉扯的聲音，想著：糟糕，只上了門鏈，卻沒旋上反鎖門。我只能屏氣凝神，祈禱一切快點過去。陽台終於安靜下來時，我大大地鬆了一口氣，且相信將來的自己一定能成功刪除那段記憶，轉頭想對阿姨說：「沒事了。她不會傷害到我們的。」卻看到淚水斜斜滑過阿姨的臉龐。那是我第一次看到眼前這位甜美女子露出受傷的表情。

我只看她哭過那麼一次。

非常接近預產期了，她才終於肯離開我家。到底是只能回自己的家，到底是家裡的么女，她的父母接納了親手養大的女兒，但有一個條件：生下的孩子無論如何都不能留下來。幾乎在同一段時間，父親的公司出現狀況，我們也被迫離開了那個家。就這樣失去了聯絡。好一段時間後，輾轉得知那個曾隔著肚皮踢我的嬰兒在醫院裡就被人帶走了。聽說是一對不孕症的中年夫婦，把小妹妹緊緊抱在懷裡，開開心心地帶回家。而那位花店老闆的女兒在產女後不到一年便結了婚，對象是父母親自選的。花店老闆的女兒這次非常順從，她把自己完全交給了絕對不會傷害她的父母親。

不知不覺地，我早已超過花店女孩遇到父親的年紀，而已到了父親遇見花店女孩的年紀，以前那些曖曖昧昧想不透的，我想現在都能明白了——雖然如果不是那鍋排骨糙米粥，也許此生都不會想起那個曾彼此陪伴走過一段的女子——有些人不是不願想起，而是不忍想起。父親是不煮粥的，不過，即使他煮了粥插了花，我想他也不願記得那個喜歡他喜歡的天堂鳥和姬百合的花店女孩。

# 雞頭與尾椎

從烤肉架飄出的香味霸道得過分，把眾人的口水直勾到嘴巴外頭，因為雞頭自製的烤肉醬裡不僅有醬油的香醇，還有大蒜的辛辣也有麥芽的甜，一加熱，方圓十里的人都得順從本能吸著鼻子乖乖地自投羅網。

鹽酥雞約莫晚上八、九點才開始營業，只要一扭開懸在攤頭橫招牌後的燈泡，人群便如飛蛾般不由自主地趨近。客人三三兩兩錯落地站著，沒有號碼牌，但都亂中有序地被籠罩在鵝黃的燈光下。

這家攤車如同台灣所有的鹽酥雞攤車，銀色的平台上琳瑯滿目的食材高高地堆起，令人看了有國富民豐的幸福感。健美的雞腿雞翅與雞屁股被滷成漂亮的褐色，各式丸子被串成糖葫蘆狀，青椒與金針菇都被束成一小把一小把的，看來十分溫順。鹽酥雞和魷魚頭互相越界，蔥肉串與四季豆混在一起。桌面、盤子與夾子不髒但不特別乾淨，塑膠盤子的紅紅綠綠也俗豔得可親可愛。小小的攤子存在一種日常生活的況味——彷彿太過齊整清潔與有質感，和市井小民便有了距離。

攤車的主人是對夫妻，一個負責油鍋一個負責烤肉架。老闆娘圓臉圓身前凸後翹，大眼挺鼻闊嘴，壯碩高大，皮膚黝黑，捲捲的長髮用鯊魚夾斜斜地堆在頭上，幾綹在額前，總是汗濕成條狀，穿連身裙，整個人像是從高更的畫裡走出來的大溪地女子。大家都叫她「尾椎」。老闆則瘦瘦小小，電棒燙小捲頭，倒三角臉，尖嘴薄唇，眉比眼短，塌鼻子，有兩個深深的大酒窩，滿口黃牙，嚼著檳榔，隨時可以吐血。總是上身花襯衫下身西裝褲一雙藍白拖。大家都叫他「雞頭」。老闆不僅負責烤肉也負責驅趕無聊。大概是老闆的個子比較小，又比較常笑，兩人雖然是夫妻，看起來卻像姊弟，老闆娘看來遠比老闆穩重個二、三十倍，因此客人都下意識地選擇把錢交給老闆娘，幾無例外。

這個攤子十年來都沒漲過價，雞腿一支五十元，雞屁股一串二十元，是熱賣商品；先滷再炸再烤，簡簡單單的小玩意兒在夫妻倆的合作下成為庶民的一大享受。從烤肉架飄出的香味霸道得過分，把眾人的口水直勾到嘴巴外頭，因為雞頭自製的烤肉醬裡不僅有醬油的香醇，還有大蒜的辛辣也有麥芽的甜，一加熱，方圓十里的人都得順從本能吸著鼻子乖乖地自投羅網。在那個還沒有美食節目與美食雜誌的年代，便有饕客不遠千里而來。

尾椎的外表豪邁，卻其實是個內向的人，除了詢問客人「要不要辣？要不要切？」以及「收你多少錢，找你多少錢。」「謝謝，擱來。」之外，幾乎沒有其他不必要的話。雞頭則是被號稱「鬼見聊」，從「分兩袋裝？幾支籤？」到「小孩上哪個國中？」到「去皮膚科要掛哪個醫生？」到「哪個人被倒會？」到「新黨會不會泡沫化？」和「最近美國新研發了什麼武器？」等等都是他的聊天內容。人家曹操煮酒論英雄，雞頭是烤肉萬事通。雞頭不僅能言善道，最厲害的是讓每個跟他聊天的人都認為自己很有趣、很特別，而且很受歡迎；並且，這些客人都會認為自己是雞頭的朋友。來過的客人多半還會再來，有的點了一堆要烤很久的食材，只是為了要跟雞頭抬槓。當客人說：「我的脖子要切。」雞頭會接：「我不想為你去坐牢，要切你自己切。」當客人說：「我的屁股要辣一點。」雞頭帶著笑白他一眼，回：「吃麻辣火鍋比較快。」這時通常尾椎會側過頭來，狠狠瞅他一眼，罵一句：「三八！」雞頭像是就在等這句一般，明明是挨罵，整個人卻是樂不可支，對著客人，用夾子遙指老婆，又比手勢又擠眉弄眼的，意思是說：「那頭母老虎，真沒幽默感！」等待的客人看到這一幕時，通常是同時低著頭偷笑，又和雞頭一樣，忍不住偷瞄尾椎的反應。

有雞頭在就充滿了歡笑。

有一回，連著好幾天，鹽酥雞都沒出攤。附近的攤販都被問到了，不過都只能搖搖頭，說：「不清楚欸。」客人接著問：「不做了嗎？」被問的人也只能聳聳肩，雙手一攤：「沒聽說，不會吧。應該只是休息幾天？」

雞頭終於回來的時候，右手臂吊著繃帶呈「ㄙ」字型，右眼眶和鼻梁呈現深紫色。尾椎一被客人問到，便說：「愛賭，賺三塊賭十塊。活該！」在尾椎說話時，雞頭便對著客人晃晃右手，擠眉弄眼，意思是：「愛講愛講，都給她講啦，老公的面子也不顧一下。」每個老顧客看到雞頭吊著的手臂，都免不了問一下表示關心，不過雞頭以烤肉夾代替食指，先放在唇前，再橫在脖子前，並瞄向尾椎，大夥兒便捻花微笑了。

老顧客後來才知道所謂的「回娘家」和「回南部」皆是「打麻將」的代稱。尾椎曾說：「雞頭什麼都好，就是一個賭字害了他。」雞頭也曾一手夾菸一手揮著烤肉夾說：「我小時候很會念書的，我的手啊，應該拿筆。我比較適合進書房，沒想到進了廚房。」尾椎幽幽地望了身邊的男人，眼神非常複雜。雞頭的話，也許尾椎是打從心底相信，也許是打從心底嗤之以鼻，沒有人知道。雞頭的烤技相當好，反應相當快；一上了牌桌，卻總是被殺得措手不及。從麻將桌的小抽屜拿錢出來的時刻，雞頭總自嘲「一家烤肉三家香」。牌搭子其實都是多年的朋友，有賣菜的賣肉的賣香的賣水果的賣麵的，也有帆布店老闆與鎖匙店老闆。大家都最喜歡找雞頭打牌，有錢賺又有笑話聽，再也找不到更理想的牌搭子了！一支一支肉串一片一片甜不辣一條一條的銀絲卷換來的皺皺的鈔票，總是不到二十四個小時內便進了別人的口袋。當然雞頭也不是沒贏過，不過尾椎總在他贏錢時說：「瞧他高興的！丟了一頭牛，換來一隻雞。」很久很久以後，雞頭夫婦才恍然大悟原來有人詐賭！不過，那時雞頭夫婦也已經債台高築並簽下本票了。

雞頭夫婦消失的前一晚，一個頂著光頭留著八字鬍穿著黑長褲配白汗衫與夾腳拖的彪形大漢來到攤子，在眾人面前要雞頭還錢。尾椎一語不發，拿著菜刀豆豆豆豆地切著豬血糕剁脖子切腸子。雞頭先是嘻皮笑臉地說：「君子動口不動手，要吃什麼儘管講。通通不用給錢。」彪形大漢朝烤肉架吐了一大口暗紅色的檳榔汁，大喝一聲：「少覅恁北裝肖仔！」雞頭才斂聲低眉：「大仔，拜託咧，賣抵家喇，搗郎客。賣吐底家喇，辣灑。」對方舉起拳頭，待要打將下來，尾椎一個箭步衝上，橫著菜刀擋在兩人之間。尾椎的距離沒抓準，和彪形大漢靠得太近，刀鋒距大漢的胸膛不到一步。客人看到這一幕，同時驚呼，不過沒人上前攬事，卻也沒有鳥獸散，反而喝起了本來拎著的飲料，瞪大著眼，竟是一種期待的神情。

彪形大漢一看到尾椎，本來惡狠狠的眼神和聲音瞬間柔和了，望著眼前這個頭髮凌亂、微微發出汗臭的女人，咕噥著：「伊是兜幾點比挖擱卡好？」尾椎抬起頭，定定地看著他，不疾不徐地說：「挖ㄟ還。緊走！」兩人一語不發地僵持著。尾椎的手微微顫抖，卻站得很挺。雞頭低著頭，左手的食指不斷摳著皮帶頭，同時用眼角餘光打量兩人，臉色由紅轉青。皓月當空，卻沒人有心情欣賞，當然，也根本沒人注意到。至少七八個人圍著攤車，卻出奇地安靜，連飲料見底的吸管聲都被聽得清清楚楚。沒人照顧烤肉架，雞皮的油滴在通紅的炭上，發出一陣陣「嘶——嘶——嘶——」，傳出一股焦香，並竄出紅通通的火舌，雞頭心想：甜不辣黑了，豆乾焦了，整架都白烤了。全都白烤了。

一個小弟弟拉拉母親的手，母親彎下腰，聽到孩子說：「我尿褲子了。」

# 流星雨

我承認我記得流星雨的確非常美，更記得當數也數不清的流星劃過天際時，我一個願望也沒有許下——我相信車旁的另外兩人也沒有。

上個月初在青海的祁連山旁住了一夜。歇宿的屋主是位信仰虔誠、廚藝精湛的穆斯林，他將寬敞的木材房廊設計成明淨的玻璃花房，自在的花花草草伸展在每個目光可及之處，非常有普羅旺斯山城的味道。玻璃花房白天可賞花夜裡可觀星，簡直令人一見傾心。然而，當晚我睡在客廳——

為了凌晨四點轉播的世足賽的前四強賽事。

我們被特別提醒這山村與房子主人早睡愛靜，且穆斯林清晨便得起來禱告，請要觀賽的人睡在有唯一一台電視的客廳，並一定要將音量調到最低。北京女子細心地將電視音量調好，頻道轉好，把椅子全排在電視機前方一米處，我們才和衣睡去。三點五十，手機鬧鈴一響，就有人揉著惺忪的睡眼跳起來了，一個把一個搖醒後，趕緊坐到排好的椅子上。沒想到電視卻睡得比我們還沉。慌亂的我們拚命按遙控器，搖電視機，只差沒對電視做心肺復甦與人工呼吸了。一陣手忙腳亂中，還得克制動作發出的聲音，時間一秒秒地流逝，鐘擺簡直是直接懸在我們的心頭晃。四點十五分了，有人絕望地開了燈，卻發現客廳與廁所的燈都開不了，手機與相機充電器的電源顯示也沒亮光——竟然是停，電，了！在那一瞬間，真是哭笑不得。「睡吧？」「睡吧。」也只好悶悶地睡了。摘了眼鏡，頭一碰到枕頭就沉了下去。

不一會兒，被北京女子搖醒，「有好多好多星星啊！快出來！」裹著棉被，用手機螢幕的光充當手電筒，躡手躡腳地拉開了客廳的隔門，穿過有人熟睡著的玻璃花房門廊，再推開花房的玻璃門，一抬頭，銀河就鋪在眼前了。北斗七星舀掉了所有的瞌睡蟲，幾乎得用手摀著才能不讓自己叫出聲來。在上海明明是濕背溽暑，祁連山卻是不到十度的低溫，上海女孩裹著棉被邊發抖邊架起腳架，用專業單眼相機捕捉各種角度的明燦夜空，忽然出現一聲不能出現的尖叫「流星——」。在這樣的夜裡看見流星，若要不驚呼，恐怕得有把刀架在脖子上了。「太快了！根本來不及許願！」我一聽便忍不住笑了。「北京可沒有這樣的夜空啊！」「上海也沒有！」兩人幾乎同時轉頭問：「那台灣呢？」「台灣有的，我高中時在台中谷關的山上看過一樣美的。」我感到非常自豪了。「那你看過流星雨嗎？」「……」「台灣看不到流星雨？」「有的。在我大一時的一個夜裡，大概全台灣一半的人都在山上等著流星雨吧。」「美嗎美嗎？」「我可能忘了。」「別逗了，你許了幾個願？」

若不是在這樣美麗的夜晚，被旁邊兩個年輕而單純的女子不經意地問起，我絕對已經成功地忘記我是看過流星雨的。

流星雨之夜前的將近兩三個禮拜吧，台灣大大小小的媒體都在預告即將來臨的天文奇景，熱血奔放的大學生們當然不能錯過這個難得的浪漫瞬間，一團一團約得興興頭頭，熱烈到誰錯過誰將因此萬劫不復似的。一些曖曖昧昧的男男女女也視此夜為確認彼此關係的最佳契機，因此有些邀約看似熱烈，卻其實讓被邀的人明白必須拒絕才不會壞人好事——誰願意當個「多出來的人」呢？我婉拒了許多真真假假的「去山上看流星雨」的邀約，一點兒為難也沒有——即使是推掉一群姊妹淘的邀約也不掙扎——因為在這樣難得的機會，是絕不可以拋下父親而只顧著與朋友狂歡的。就在流星雨出現的前一天，我問父親：「明天晚上我們是去哪裡看呢？」父親像是被雷打到一樣，問：「你是說流星雨嗎？」「對呀對呀，我所有同學都要去看。大家都超——興——奮——的！」父親聲音似乎低了一些，說：「陽明山吧，比較近。」我眼皮本能地跳了幾下——父親通常聲音一低就表示心情不好。

隔天出發時，我瞬間明白我沒有誤會當時的聲音表情，父親當時聲音一低是因我的問句簡直是個不速之客；他之所以沒有拒絕，僅僅是一時之間不知該怎樣拒絕。但這樣的猶豫讓車內的兩個女人與一個男人尷尬至極，因為在碰到面之前，只有父親知道當晚其實有三個人。我高中時便見過那女子，我曾在某個意外提早返家的下午遇見頭髮凌亂神色慌張的她，儘管如此，兩人仍是客氣而有禮地打了招呼。高中畢業典禮當天，她送我一條我後來從沒戴過的金墜子項鍊。但我壓根兒沒想過大學時還會看到她。東湖到陽明山的路不知何時變得那樣遠，蜿蜒的路沒有盡頭似地蜿蜒著。唯有車內的廣播傳來不合時宜的談笑聲，讓車內令人喘不過氣的靜默更加厚實。雖然父親與以前一樣在文化大學旁買了披薩與可樂，雖然仍然是在靜謐樹林旁的良辰美景，然而一切都變得難以忍受。我承認我記得流星雨的確非常美，更記得當數也數不清的流星劃過天際時，我一個願望也沒有許下——我相信車旁的另外兩人也沒有。

之後的整整一個禮拜，大家都在聊流星雨如何如何：去哪裡看得最清楚，誰看到最多顆流星，誰許下最多個願望，彼此嘲笑對方的願望多愚蠢，手舞足蹈眉飛色舞。還說那晚成了幾對、促成多少好事……一片嘻嘻哈哈中，我在心裡暗暗叫苦：只有我這個笨蛋成為一個多餘而壞事的人。

那次之前，我常常會邀父親看電影，用餐，出遊；美麗而珍稀的流星雨之夜，竟成為我最後一次邀父親同遊的記憶。我記得當下的我很不諒解那名女子，之後的我很不諒解父親，現在的我不諒解的恐怕是自己。

【輯四】

# 日常

# 老闆

老闆在擁擠的台北城中為爺爺營造出一個小王國，他是隨時被調遣的騎兵。吵雜的市場周邊，老闆的攤車又舊又小卻散發出一種平實又祥和的氛圍。

一個夏日午後，也許因著陽光太剛好，緣街行竟也忘路之遠近，彎後的未知忽然產生極大的魅惑，帶著武陵人的心情走了進去，卻發現是個再普通不過的傳統市場。潮濕的空氣中瀰漫難以言喻的氣味，混雜著魚腥和肉臊，乾貨與青菜，雞鴨糞便、海味以及更多無法一一指出卻再熟悉不過的味道。

轉頭看見有位滿頭白髮的爺爺在吃麵。他垂著的頭看來重極了。這個小吃攤看來不錯，我便在老爺爺旁邊坐下，剛坐下時爺爺放下筷子看了我一眼，不等我向他點頭，他便繼續垂著頭。

陽光將一切籠罩金黃的帳子裡，萬物皆變得暖暖懶懶；攤車前胖虎斑貓蜷著，百無聊賴地變換著臥姿，怎麼臥怎麼撩人。

攤車後頭立了位精瘦黝黑平頭四十歲上下的男子，帶著微笑不疾不徐地招呼客人，點菜下麵切滷味端湯收錢找錢清理桌面洗碗，動作流暢到產生某種節奏感。一夫當關，有種令人感覺牢靠卻不具壓迫性的氣勢。麵攤的四張桌子都滿了，什麼年齡層的顧客都有，若非專心吸著麵，就是夾起滷菜細細地咀嚼。和我一桌的老爺爺不知點了什麼，整碗麵是紅色的，湯湯水水滿得即將溢出，偏偏老爺爺拿著筷子的手又頻頻抖著，導致我必須分分秒秒正襟危坐，深怕一不小心便引起災難。桌上塑膠罐裡的辣椒醬似乎全擱在那碗麵了，那碗麵看起來也不像真的要吃的。我的麵還沒送來，老爺爺已起身兩次，蹣跚地走到老闆身旁，一邊掏著襯衫口袋一邊問：「烙闆，窩輔過你欠了沒啊？」老爺爺瘦得竹竿似的，卻聲如洪鐘。老闆一邊說：「付過了，您付過了。」一邊扶他回來坐好。

老爺爺穿著白襯衫灰西裝褲，白髮用髮油梳得相當穩妥，整個人看來齊齊整整，眉毛既黑又粗且長像是古代的將軍像，要不是蠟黃的手背與瘦削的臉頰滿是老人斑，真有不怒自威的本錢。不過老爺爺的手抖得實在厲害，桌面終於汪成一片紅，像小學生上水彩課翻了洗筆袋。

老闆把我的麵端來了，老爺爺觸電般馬上起身，邊掏口袋邊問：「烙闆，窩輔過你欠了沒啊？」老闆瞇著眼說：「付過了，您付過了！」以一種初次回答的聲調和語氣，扶老爺爺回來坐好，順便拿起圍裙上掛著的紅邊白抹布把桌面擦拭乾淨，連染紅兩條抹布才擦乾淨。老闆並沒有看我一眼。老闆在擁擠的台北城中為爺爺營造出一個小王國，他是隨時被調遣的騎兵。吵雜的市場周邊，老闆的攤車又舊又小卻散發出一種平實又祥和的氛圍，任何人經過，都會變成那隻虎斑貓。但老闆並不覺得他做了什麼，他只是回到攤子後繼續切滷菜和炸雞捲，黑色收音機傳來一首首可能比老闆年紀還要大的歌，襯著老闆專注的側臉。

老爺爺那碗麵永遠吃不完似的，桌上又汪成一片紅。攤車邊的胖貓此時打了個大大的哈欠並伸了懶腰，身體拉得好長。老闆又過來擦了兩次，不慍不火，看不出有絲毫的不耐。

一陣風吹來，老爺爺心滿意足地掏出手帕擦擦嘴，露出孩子似的笑容，拄著掛在桌邊的核桃木枴杖離開了。老闆過來清理桌面時，我竟脫口而出：「老闆，我付過你錢了沒啊？」

# 青春

許多事說過就忘了，在某個電光石火的一刻卻突然迸出，嚇了自己一跳。隔了這麼一段時光才了解當時的自己，當時遍尋不著的最後一片拼圖，終於出現在某個角落，被催眠似地將之拾起，完成，再遺忘。

透過百葉窗的世界總是有條有理，滿地的密條陽光印證了這樣的秩序。這個世界處處要求人守規則，有的有道理，有的其實沒有，奇特的是後者在時間的催化之後往往會產生另一種真諦，甚至凌越前者。

和青春告別之後，世界便循著習慣的邏輯運行。

沿途的景色不知從何時開始變得都一樣。若不是一場午後雷陣雨，誰會記得十七歲的輕狂被夾入國文課本的第幾頁？突來的滂沱大雨讓街道陷入一陣慌亂，嘩啦嘩啦轟隆轟隆中撐傘的人將包包緊緊夾在腋下，眉頭幾乎要靠在一起，傘下的褲管仍呈現兩截顏色。沒帶傘的竄著，障礙賽與百米賽的本領一股腦全施展出來，雙手徒勞地蓋在頭上，像落難的孫猴子。

騎樓下滿滿的等雨停的人，共同呼吸著雨水的酸味與柏油路的潮濕味，商店門口疊著的紙箱散發低調卻令人無法忽視的霉味，以及各種頭髮造型產品俗不可耐的化學味。百無聊賴的人不約而同拿出手機：白的、黑的、紅的、銀的、粉紅色的、蘋果綠的……騎樓下的小空間頓時成了手機展示中心。有的大聲地講了起來，像在自己家，對著手機殷勤地詢問窗戶關上了沒？衣服收了嗎？諸如此類的瑣事喚起諸多中年婦女的焦慮，紛紛低頭打開手提袋，加入絮絮叨叨的行列。高中女生以靈活的大拇指接連發了好幾封訊息，強迫症一般，才剛傳完又側頭想著還有誰可以在這時聊些雞毛蒜皮；接到回傳訊息後邊看邊吃吃發笑，又樂此不疲地傳了回去。許多人不自覺地玩起手機遊戲，一局接一局。也有更多人立即上網發出「真是太搞笑了，被雨擋了」的動態，並在瞬間得到五個「讚」。當然也有人用手將瀏海整理個第一萬遍，對著手機鏡頭睜大眼睛抿著嘴捕捉自己四十五度的側臉，展演非常、非常單純的自戀。

掛在棚下的雨拍起一個個小水渦，濺起、擴散、消失，自成一個個小宇宙。嘈嘈切切、瑣瑣碎碎的思緒比遠方的山嵐更縹緲。輪胎輾過淺窪、機車催油聲和汽車的喇叭聲在雨天都悶極了，像罩著布打鼓。

在那麼一瞬間，令人想起曾經有過那麼一個洋溢著淡淡幸福的雨天，不過當時雨小得多，不撐傘也可以走得很瀟脫。當時牽手的人早已相忘於江湖，若好巧不巧相遇了，恐怕會有默契地眼神交錯，否則修正自己的回憶實在太掃興——世上的事大抵如此，朦朦朧朧才美麗。

雨突然停了，溫暖的金粉灑下，讓一個接一個抬起了頭——是彩虹。忍不住再次數著是否真是紅橙黃綠藍靛紫，再次確定後，明知掛在遙遠的那端卻仍忍不住伸出手，那樣執拗，彷彿可以觸及永恆。在那一秒所有人都只是個孩子，嘴角的弧度是彩虹的倒影。

十七歲時大聲嚷嚷的夢想，非黑即白的價值觀，如今想來真是可愛極了。看到覺得有智慧的格言便唸著抄著，巴不得刻在骨頭上。眼睛總是亮著，拳頭總是握著，從髮梢到腳趾皆蓄勢待發，認真地等待一個揮霍青春的機會。腦中滿是轟轟烈烈的豪情壯舉，不需歃血為盟也隨時準備把頭顱拋出把熱血灑出。明知道是一本催淚小說卻仍不爭氣地被引出成串的眼淚，一部電影可以讓人惆悵不已甚至失眠。認真地背歌詞，邊走路邊哼歌，等去KTV時當三小時的歌星。一翻開報紙便直接是影視新聞版或體育版，對偶像的片言隻語如數家珍，信手拈來各種馬路消息。豪放與婉約成了水火同源，痴人說的夢原來可以很壯烈，也可以很綿長。年輕人滿腦子皆是大開大闔的人生。

好幾個禮拜不吃午餐只為一張演唱會門票，看到小狗與小貓會用喉頭汪個幾聲或是蹲在路邊認真地喵了起來。喜歡搬椅子到教室門口，懶洋洋地伸展四肢，和好友一起進行光合作用。意有所極夢亦同趣的日子過得興興頭頭，對步步為營的人生抵死不從。老師轉身寫黑板時窸窸窣窣傳遞的紙條、毫無邏輯的白日夢與課本的塗鴉都夾雜著火腿蛋三明治與珍珠奶茶的氣味。放學後除了回家什麼都想，無所謂的閒晃是給自己最好的犒賞。最悲壯的莫過於伴著轟隆隆的冷氣聲被補習班老師的聲音拉下眼皮——本來可以很美好的晚上就這麼給生生地浪費了。走出教室伴著月光回家，月下的景物真如夢境一般，真希望就這樣踏著月光一直走一直走拜託不要有盡頭。

誰希望走到青春的盡頭？

不需太多理由即可咆哮即可狂笑，勇於認錯但絕不改過，各種小小的煩憂都可成為生活的重心，所有的情緒都被放大，慣以「一輩子」為單位，「永遠」曾是那麼那麼輕易地便脫口而出。傾心的容顏成了生命的圖騰，誓言落於以海枯為橫軸以石爛為縱軸的象限裡，說的人與聽的人都有種無法克制的感動，每一句情話都給收在心裡的小抽屜，被認真地上了鎖。那些思念的夜晚總在翻來覆去中聽著秒針理直氣壯地踢著正步，喀喀喀喀，喀喀喀喀。

在指縫間來回轉著的筆轉著轉著成了恍惚時老燙手的菸。再也轉不到算數學時非聽不可的電台，一枚五元硬幣也換不回一瓶養樂多，那種悵然像是拿串鑰匙把小貓逗樂後倏地轉身，浮上小貓臉龐的模樣，也像是來回游了十趟正想大呼過癮時，小腿突然抽筋，靠著池邊回盪在空曠體育館的喘息。

吉他仍倚在衣櫃旁，菩提一般地立著。拿來一撥，沒一根弦音是準的，還惹來一陣塵埃，畢竟手指頭的厚繭早已消失在時間之流中。一覺睡到隔天下午的滿足好久不曾有過，瞪著天花板到天亮的機會還多些，腦中的千絲萬縷不知在何時比神木的根更纏繞，也比被小貓玩過的毛線更難解。長了年紀也就長了心思，怎麼也睡不安穩，不期待別人掏心掏肺，當然自己也早已不再掏肝掏胃。

許多事說過就忘了，在某個電光石火的一刻卻突然迸出，嚇了自己一跳。隔了這麼一段時光才了解當時的自己，當時遍尋不著的最後一片拼圖，終於出現在某個角落，被催眠似地將之拾起，完成，再遺忘。這樣的迂迴像是時間老人慢慢地走著，卻在某個轉角跟人打了個照面，無須持著棒子也透著無言的機鋒。欲辯，已忘言。

當初誓死守護的祕密早已雲淡風輕，若非不可能再熟悉的字跡，真要懷疑桌上攤著的是誰的日記。那些彆彆扭扭的心情全隨著參考書與測驗卷量化成一公斤一塊錢。鐵製餅乾盒裡躺好久的情書們生了褥瘡，回天乏術，在情話成為笑話之際，也被耳後夾著菸的老伯伯一併帶走。剩下那些難言的片刻早已化為眼角的皺褶，再過個十幾二十年將比在窗櫺繞著的藤蔓更蜿蜒——每一個彎都是一件心事。

儘管有千百個不是，長大卻未必全盤皆輸。至少不必再寫考卷也不必一手直尺一手紅筆在參考書上拚命畫線；不必在半夜偷偷爬起來看電視也不必躲在棉被就著手電筒看漫畫。獨居後要多晚回家就多晚回家，還可以光明正大看限制級電影，更可以理直氣壯花著自己賺來的錢。在不用上班的時候，自己就是天皇老子。

冰箱飲料架上排排站著罐裝啤酒，每次洗完澡把浴巾蓋在頭上後第一件事便是拿出一罐，拉開拉環大口喝著，咕嚕咕嚕暢快極了！即便被拉環刮傷手，仍無損拉開那秒所帶來的滿足，光是那「嘩」的一聲便值得一個開懷的笑。感覺自己真是個大人了，卻在咧嘴的那秒現出了破綻。

與青春告別之後才學會勉強藏起任性，要求自己乖乖遵守這世界的遊戲規則。在遍體鱗傷後終於學會自若地獨處與棄絕，學會對自己誠實，承認不可能符合所有人的期待。在某個夜晚發現自己能一個人看電影，一個人泰然地吃著巧克力蛋糕，以及為自己煮一杯好咖啡。習慣一個人到處走走停停，在曲曲折折的巷弄間思考許多細節背後的含義。一片葉子落下的姿態，陽光照耀的角度，空氣的濕度與夜晚的溫度都令人陷入恍惚。

告別青春令人恍惚，在恍惚中開始懂得欣賞密條陽光的美。

# 夜雨

牆上的時鐘像是在數著雨聲，喀、喀、喀、喀、喀、喀、喀，每一步都踩在最不該踩的地方——把所有的心事踏得又緊又實。

夜裡的雨特別響。啪嗒啪嗒，啪嗒啪嗒，敲在雨棚上，敲在車頂上，敲在每一棵守夜的樹上。若是蜷在沙發上聽雨聲，雨滴便會沿著葉緣滑了進來，在心裡淌成一條小河，各種重要的小事在其中載浮載沉，載浮，載沉。

聽雨時總是一個人。枕在自己的左臂，睡睡醒醒，在一片漆黑中不時亮著眼，像隻警戒的小獸。

似乎所有深刻的話語都發生在下著雨的夜裡，那些話語在夜釀中產生了不可逆的化學反應，多了一些什麼或少了一些什麼，所謂的質量守恆在人世成為詩意但禁不起驗證的學說，理論與實際永遠是橋歸橋路歸路。

也許寂寞的夜晚比較適合聽雨聲，也許雨夜只適合寂寞的人，也許那時就該知道些什麼了，偏偏大多數的人都具有賭徒性格。賭博是玩玩可以，認真就輸定了。

雨滴敲在思緒的拍子上，滴滴答答的令人想太多，晶瑩剔透的雨滴像是一個個凸透鏡，將幽幽微微的情緒擴大無數倍。滴滴答答，滴滴，答答，雨滴連成了雨絲掛成雨行，連結了許多以為早已遺忘的片片段段。有時雨珠敲出天寶年間的遺事，令人憶起曾以為會在心底住下，卻僅止擦肩而過的側臉；或在公園裡散步時，小指有意無意的碰觸；再悲壯一點，也許就憶起在某個冬夜咬著牙流著淚說出「你回去吧。真的。」之後那雙落寞的眼以及垂著的肩。當時刺骨的寒風、半明半昧窺伺著的路燈、巷子回盪的狗吠聲、濃烈的花香、從三樓陽台的鐵窗披垂到一樓圍牆的九重葛、露出信箱的廣告傳單，以及腳踏車籃子裡插著吸管的空杯子，都齊心見證了凡夫俗子的愛欲嗔癡。

雖然窗外長空澹澹，自己的心跳聲卻顯得格外分明。牆上的時鐘像是在數著雨聲，喀、喀、喀、喀、喀、喀、喀，每一步都踩在最不該踩的地方——把所有的心事踏得又緊又實。那樣的時刻若坑坑疤疤地睡著了，往往會有過多的夢，有的宛若天啟，解開了困擾頗久的謎團；有的是過往的溫習，也許是某個擁抱或由掌心傳來的溫熱；有的則是過於綺麗的幻想，綺麗到連夢裡的自己都自覺地捏捏大腿或拍拍臉頰。若瞪著眼睛到天亮，便明知不能卻總是想太多，越想快快入眠卻益發清醒，那時若有貓兒在簷上疾走，弄得瓦楞一掀一掀，便教人更加懸著心，惴惴不安與恍恍惚惚都趁機鑽入最底層的縫隙，變形蟲似地恣意擴張。

雨夜裡仍有晚歸的人在小巷裡踽踽獨行，答答答答，沉重而遲緩。側耳聽之，如見那人一手撐著傘，另一手拱在嘴前輕輕呵氣，而寂寞如影隨形，不必回頭也知道它在哪兒。曲曲折折的巷弄裡藏著曲曲折折的心思，雨夜裡公寓房子亮著的窗格外多，映著私私密密的故事。有人對著電視發愣，有人盯著手機等待一個答案，有人對著電腦螢幕吃吃發笑；有人化身鍵盤偵探，搜尋不該搜尋的人的近況。對著螢幕出神的人也許正在思考人生，按下滑鼠左鍵的人也許在重組人生。誰知道呢？在滴滴答答的雨聲中，一切都拖泥帶水得如此天經地義。

雨仍然淅瀝淅瀝嘩啦嘩啦地下著，洗滌著沖刷浸潤著一切，時而滂沱時而綿密，雖然總是會停的，然而沒有人確實知道它究竟什麼時候會停。有些意志不堅的花與葉就這樣落在夜晚小巷的柏油路上，與各種廣告傳單呈現同樣的臥姿，看來非常狼狽。在密密包裹的潮濕的空氣中有著極度低調的花香，與客廳綠色陶盆裡的夜來香對仗。

對面常傳來鋼琴聲——以一根指頭敲著琴鍵，把蕭邦的〈離別曲〉敲得斷斷續續又遲遲疑疑，像是學步的孩子，令人心裡一動，並被牽引似地哼出下一句的旋律。彈琴的女子總綁著具有完美弧度的馬尾，穿著素色T恤與棉質長裙，她的美是那種沒有年齡的美，時間彷彿在她的臉上凍住了，鵝黃燈光下彈琴的側臉有種最不具刺激性的媚態。縱使不住在同一個屋簷下，然而在雞犬相聞的狹小巷弄裡，對方幾點起床幾點晒衣服幾點下樓拿掛號，了然於胸，一段時間之後，油然而生一種最不黏膩的親切。

偶爾會有一輛夜裡出現清晨消失的黑色賓士車，停在巷子的單行道上，車頭永遠朝向已經成為廢墟的舊廟。那廟有點兒小，四面紅磚牆只剩兩面半，磚與磚之間鑽出許多雜草與淡紫色的小花。屋頂空了大半，木門是躺著的，裡頭荒煙蔓草，令人想到《聊齋》裡遇見狐仙的書生在天大明後所處的場景。不知是何方神明曾住在那間紅磚房子，也不知究竟是太不靈驗而遭信眾棄如鄙屣，抑或太過靈驗而喬遷良木？斷井頹垣有一種蒼涼的美感，像是遲暮的美人，即使雙眼皮和臉頰與下巴都鬆了，只消盯著她的瞳孔，便能看見一種殷實的空靈——有人世的洞然做底子。

那輛黑賓士若有一段時間沒來，〈離別曲〉的旋律便會流暢一些，彷彿以前顧忌的煩擾的什麼都一股腦地說了。每當對著那扇窗，會感到胸口隱隱約約哽著什麼。

對面的窗口突然亮起燈。不知馬尾女子剛才是否也蜷在窗邊的沙發上聽雨？賓士車好一陣子沒出現了，印象中只有雨夜會聽到馬尾女子的琴聲。賓士車的主人不喜歡在雨天出門還是不喜歡在雨天回家？

聽著對面大有長進的〈離別曲〉，突然明白自己為什麼習慣睡在沙發上。下著雨的夜晚比較適合一個人，兩個人的寂寞就太擁擠了。

# 盛開的城市

生活在台北，不自己開車才真享福。若在公車上曲曲折折地遊蕩大街小巷，窗子隨時鑲著一幅畫。隔一段距離看花，輕輕鬆鬆感受遠遠近近的枝枒間若隱若現的靈光。

起床的第一件事便是「唰——」的一聲拉開窗簾。浴在陽光下的陽台跟昨日有些小小的不同——也許是在開滿紅花的盆子裡發現初綻的紫花，或昨日雨後垂頭喪氣的今天抬起頭挺了胸。這樣的時刻令人感覺季節著實在遞嬗，生命時時刻刻處於變化中，因此，再怎麼懸心的事都應隨夜露一起蒸發，不然真辜負了這大好晨光。

春秋宜賞花，夏冬宜觀樹，在花花草草樹樹鳥鳥的台北日日是好日，隨意走在一個巷子一條街皆有風有景，因此有了情與意。

巷子人家的院裡伸出一株九重葛，若有似無地搔著牆外銀色小客車的背；阿勃勒一串串黃澄澄的花吊著，周遭彷彿剛落了一場黃金雨；白色的蝴蝶翩翩飛來，繞樹三匝，醉心於眼前的花瓣雨，竟連吸吮的本能都忘了。細細閱讀季節的斑斕，感覺這城市真是流麗之極，令人想當一個花農。

一面牆一座公園一個轉角便是一處風景。榕樹的氣根懸掛在枝枒間，隨著微風晃啊晃，做了符合蟲體工學的鞦韆。九重葛攀在中學的老舊圍牆上，彷如熱衷編織的女孩，低眉斂首專注地織出大片大片的奼紫嫣紅。分隔島的鳥鳴在車未成水馬未成龍時自有其綢繆宛轉，應著花開的節奏，響在恰如其分的拍子上。雞蛋花嫩嫩的白花瓣底部有嫩嫩的鵝黃，散發清新俊逸的嫩香。木芙蓉一日三變的花色讓人發痴地想從日出盯著她到日落，唯恐錯過某個懾人心魂的瞬間。百花爭妍的城市在靜好的表象下其實有波亦有濤，在大大小小的美的周旋中，脫穎而出的佳麗皆經歷嚴格的試煉。馬櫻丹的悍名聲是出去了，擅於鞏固地盤，更擅於攻城掠地，單手扠腰下巴微抬的潑婦罵街狀令周遭鮮少閒雜花等。海棠葉茂花繁，在算計好的時刻，撐著一把把千嬌百媚的小黃傘換取一陣驚呼。麻雀的嚷嚷必定混著自己的牢騷，嘰嘰喳喳個沒完，卻永遠搞不清楚狀況。眾聲喧譁中，燕子只是背著剪子端坐枝頭，半句話也沒有；突然動了動，貌似終於表示意見了，卻只是轉另一個側面，明哲保身。

台北的花當然美，但是因為知道自己被寵愛著，被慣得實在嬌。仗著自己香風細細與嫣然百媚便嗲聲嗲氣地鬧著意見，常因此誤了花期，讓人等得好心急——有的不排除是為了搏版面而刻意姍姍來遲。在那樣的時刻總有某些傢伙仗著自己有不怕冷的本錢，不急不慌地推推眼鏡，老學究式地表示唯有不追流行的人才不會跟不上流行。小葉欖仁不管這些，日復一日絮絮叨叨地在煙視媚行的女子前申明自己真的不是個「懶人」，到底是誰取的名字，真不識相！

生活在台北，不自己開車才真享福。若在公車上曲曲折折地遊蕩大街小巷，窗子隨時鑲著一幅畫。隔一段距離看花，輕輕鬆鬆感受遠遠近近的枝枒間若隱若現的靈光。這裡的和那裡的光影乘著蝴蝶的翅膀，在車窗的不遠處投以一個個同心圓，突然閃現、擴張，放大隨時可定格的旖旎。

台北的窗台亦有可觀之處，尤其是女子的窗台，簡直是袖珍版的花卉博覽館。

市井小民用創造力與活力將窗台築成近身的桃花源——一天澆三次花的人幾乎是不知有漢，無論魏晉了。窗台堪稱主人性格的剪影：同樣滿是花花草草的小天地，有人捨得剪捨得換，極為乾脆灑脫；有人則綠滿窗前草不除，種了漂亮的萊姆色番薯葉捨不得吃，種了薄荷也捨不得摘，牽牽絆絆地任憑花花草草愈益驕矜放肆，樓上樓下總溜著自顧自攻城掠地的藤，妙的是再怎麼不易相處的鄰居此時也不得不來往了，訕訕地問：「你的番薯怎麼長得這樣好？分一段給我好嗎？」下次碰到面，也不得不因一段番薯藤開啟一段另類媽媽經了。花花綠綠的窗台本身亦是生活美學具體而微的展現：有的是細描的工筆畫，有的則是潑墨的寫意畫，無論工筆抑或寫意，多數可以看到鳳仙花和九重葛的蹤影。

女子的窗台尤其會有鳳仙花。因為台北的女子尤其愛美。曾聽一位養著鳳仙花的女子說當她還是女孩時，母親說：「一手一碰，孩子就多了。」果真才一觸到花莢，種子就像芝麻一般地彈散開，綠綠的莢皮捲著，母親把它掛在女孩的耳朵上，說是「戴著玉耳環」。女孩還摘下鳳仙花，將它搗碎後，把紅紅的汁當指甲油，成為第一份「胭花記憶」。

帶著胭花記憶的女孩長大後總拿著小鏟子慢慢地為玫瑰鋪床，耐著性子在蘭花華美的袍上抓蟲子。耳朵和指甲仍記得母親的聲音與指尖，於是尋著在這盛開的城市緩緩流動的暗香，在炮仗花鋪成的亮橘簾子前逡巡，在櫻花與梅花下低迴。在大大小小左拐右彎的巷弄間慢慢地走著，在某一個窗前駐足，為之凝神許久。走著走著，看到再熟悉不過的畫面，便不自覺地在路邊蹲著或半彎著腰，告訴戴著橘色碗公帽的小小女孩她正捧著的小黃球是金露的小寶寶，快放暑假的時候，旁邊整排高高的樹會探出美麗的鳳凰花。關於鳳凰花，當然又是另一個故事了——那個起著風的夏天的晚上，立在鳳凰樹下的那個人。

台北的窗台後頭藏著不少一清如水又縹緲如煙的女子，女子多得是這樣重要的小事，這些重要的小事裡當然還包括許多男子和眉目明朗的心事，隨著日積與月累自動分章分回，隨意捻一朵花，都可令自己微微皺眉，又幽幽地笑起來。

沒花沒草沒樹沒鳥的城市平平穩穩，依舊可以有過日子的底蘊，然而生活無論如何是搖曳不了，亦生不出姿來。好在台北既跌宕起伏亦疏密有致，盛開的城市從不愁沒有故事。

# 停車暫借問

對這個世間，她該有所戀慕的吧？敲著木魚，叩叩叩叩一聲聲上了心，叩叩叩叩，叩得心上下晃蕩，塵念遠兜近轉後捲土重來，又將敲著木魚的人帶回人間？

回家的路上，看見一位比丘尼立在便利商店門口的公共電話前。現在的公共電話已經很少人使用了，果然出家人是不用手機的。正在這麼想時，竟被比丘尼攔住。我停下單車，遞出不解但善意的眼神。她滿臉通紅，微微皺眉，右手往前伸，手裡有本攤開的名片尺寸的電話本——黑色塑膠皮封面已然起皺，內頁也泛黃捲邊，我的本能反應是：都什麼年代了！怎麼還有人隨身攜帶這種電話本？比丘尼指著某個人名，怯生生地說：「我找不到他。可以幫我嗎？」

潔淨明亮的便利商店在自動門不斷響起的叮咚聲中人出人入，各自帶著自己的心事而面無表情地經過那台藍綠底銀面的投幣式公用電話。電話右上角的灰螢幕上顯示黑色的「1」，藍綠色的話筒在比丘尼左手上，不過接著就變成在我的臉旁。那樣懇切的眼神，任誰都難以拒絕吧。比丘尼素淨的鵝蛋臉上掛著黑色金屬細框眼鏡，灰藍長衣上斜背著土黃色的大包包，白襪黑鞋，一塵不染，和騎樓的豬肉攤與檳榔攤並立，真不知是哪個比較突兀。

我盯著名字，第一反應便是猜測是男是女？偏偏名字相當中性，我的腦海裡連最基本的輪廓都浮不出。我知道自己正被一雙焦急的眼睛盯著，卻刻意不和對方眼神交會，因為感到一種莫名的心慌，且臉龐燙得連自己都感覺到了。幾秒鐘之後，才發現名字接著的一串數字雖然有區域號碼02，但一槓之後只有七碼。我想我破案了，說：「這是台北的電話吧。台北已經都是八個號碼。最前面要多加一個2。」她一驚，頭一低，眼神瞬間飄開而喃喃自語：「八個數字？怎麼會？什麼時候變的？」

我沒有接話，因為既然已經知道問題點，就馬上滑開腳架，簡單微笑道個再見就離開了。只不過，我知道自己還是太早走了，且心知肚明是刻意的，因為心虛——怕那組電話已成了空號，即使加了個2依舊人去樓空，或是被說打錯了——我擔心看到她失望或更加焦慮的表情。我可以不在比丘尼面前撥電話，卻無法阻止自己的想像：她真按我的猜測撥了過去嗎？整天我都不由自主地出神，惦記著她是否如願找到朋友了？也許不是朋友，或許是家人？但我根本不知道比丘尼叫什麼名字，如何判斷？他們究竟是什麼關係呢？她是在什麼心情下撥那通電話？為什麼要找他呢？為什麼還留著那本電話本？常翻開嗎？翻開時都想到什麼？滾滾紅塵中，仍有那麼一個人在等著她抑或讓她等著？那她落髮時是否曾有那麼一瞬間感到不值得或捨不得？整天胡思亂想的情節都可寫本小說了。沒辦法，那比丘尼有張和她的字同樣娟秀的鵝蛋臉，特別長又特別彎的眉毛，帶有羞澀感卻極富生命力的眼神，內雙，杏仁眼，淺淺的褐色瞳孔，眼角微微下垂，小而挺的鼻子，菱角嘴，蹙眉的神情有一種令人揪心的力量。這樣的臉該有許多人想捧著，該存在許多可資回憶的舊夢，也應出現在許多人迷離的夢裡，並代替月光照亮一段迷茫的青春。而她在選擇淡出後，卻仍舊留著電話本，彷彿那是自己記憶過往歲月的晶片，每個名字都是一把難言故事的鑰匙，每組電話號碼都可能是開啟時光隧道的密碼。那麼，對這個世間，她該有所戀慕的吧？敲著木魚，叩叩叩叩一聲聲上了心，叩叩叩叩，叩得心上下晃蕩，塵念遠兜近轉後捲土重來，又將敲著木魚的人帶回人間？

我有個朋友早早便出家了，斷了很長一段時間沒聯繫，也沒有任何人聯絡得上她，事實上即便知道她在哪，恐怕也沒人願意去打擾她的幽靜。許多年過去了，就在我已經快記不得她的全名時，竟收到她寄來的信。之前過得如何？沒有說；之後要如何？也沒有說。為什麼？還是沒有說。就只是簡單的一句：「我回來了。」僅此，便足矣。也許是她的塵緣未斷，心願未了，而她選擇屈服？我始終沒有回信，出自一種自己也說不上來的原因。

不澈底的好人其實也成了曖曖昧昧的壞人。真正的惡人不知己之惡，真正的善人亦不知己之善，而曖昧的壞人則是常常把好事做壞，且不真的知道好與壞是與非善與惡的界線究竟在哪，只好說服自己在生米煮成稀飯後就這樣算了吧。畢竟關於人與人，神與魔，出與入之間，每個人都有自己的小神龕，無所謂什麼應當不應當；更何況有些事想太多是不行的。

然而，我畢竟得到了應有的懲罰：每次經過那台公共電話，就會不由自主地想到那張無所適從的臉。那種無所適從和之前所看過的皆不同——別人是不知該去哪，她是不知能回哪。我在她的沒有光的眼裡看到了另一個時空，遼遠的，蒼茫的，像是搭著遠方戲台傳來的文武場，戚戚嗆嗆戚戚。

儘管比丘尼僅能出現在我的回憶中，我仍感到一陣寒傖的愧疚。因為我仍得天天經過那條路，有時騎著車，有時慢慢地走著，但終究再也沒有遇到她。我只好一廂情願地相信她找到那人，並且知道那人過得很好，然後順手扔了那電話本。

在遇見比丘尼的半年後，我終於回了朋友的信，也只有一句。

# 熟客

那年，我有許多常常見面、招呼得極為熱絡的熟客，「小麥們」每個週末假日像是被催眠似地渴望來到「他的店」，帶朋友來在眾人面前向「他的店員」點杯「他的咖啡」和「他的早餐」，和享受「他的特別待遇」。

和我親近的人都覺得我極為自我中心、冒失無禮，且永遠不記得別人說過的話。每每我都面紅耳赤地想大聲反駁，但終究沒有，因為那的確是我。且慢，這樣的我竟也有一段甜美細膩的時期，現在回想起來，竟起一陣雞皮疙瘩——此生絕不會再這樣自覺地迎合別人，更不可能費心使別人不自覺地迎合自己了。

大學時，我曾在一家連鎖咖啡店打工。那家店有兩層樓，占地不小，接近繁華的商業區，辦公大樓林立，顧客有九成為附近的上班族，在週間的上午七點半到九點和中午用餐時間，無論是櫃檯或是吧檯的店員臉部肌肉都是緊繃的。在如戰場前線分秒必爭的當下，若偏遇到連著幾位都點步驟最繁複的焦糖瑪奇朵，簡直令人想摔杯子丟盤子或捏爆牛奶盒。

為此我只排假日班。七點半一進店裡，鎖上磨豆機和咖啡濾網的螺絲，將咖啡豆倒進磨豆機的大漏斗，拿著不鏽鋼壺將熱水注入巧克力粉調好摩卡醬，將各色蛋糕依到期日期先進先出地列在長條褐色板子上，用大白盤整整齊齊地疊好當天送來的常溫點心，煮一壺本日咖啡，再挑片喜歡的CD一放，便可在咖啡香與音樂中開門迎接一整天的悠閒。假日的上午，通常不會超過十位客人，連外帶的咖啡也極少。雖然店長規定即使沒有客人也不可做自己的事，更禁止坐下或看書，但在咖啡香中安然地聽古典樂或爵士樂，即使是拿著穩潔和抹布擦著厚重的玻璃門、在水槽洗杯子或整理咖啡禮盒，都是平和舒緩的空氣。

會在週末假日上午來咖啡店的，多半是帶本書來的附近住戶或是大學生，其實都是熟面孔。店長要我們盡量拉近和客人的關係，方法很簡單，就是認識客人，和客人聊天，且記住他。當客人知道自己是「被記住的人」之後，多半會成為「熟客」，還會因此帶朋友來。我認人的功夫很差，但很快就發現真如店長所說：客人往往習慣點同一種飲料、同一種容量，甚至連是否自備杯子或一些小要求也有其慣性。再加上假日客人少，不出一個月我已記住常來的面孔們，以及他們會說的話。於是，當客人一站在櫃檯前，我不假思索地說：「您好，歡迎光臨，請問先生是點中杯的焦糖巧克力碎片星冰樂嗎？」對方睜大眼，頻頻點頭，問：「你怎麼知道？」我立即接：「我當然記得您喜歡喝什麼。麥先生您常來呀，而且，您的姓很特別。」「你怎麼知道我姓麥？」「您上週在吧檯旁邊等飲料時講電話，我聽到您開頭自我介紹姓麥。」店長要我們在記得熟客後，一定要把握每個略施小惠的機會，客人往往會因貪圖小利而甘於付出更多的消費金額，來的次數也會更頻繁。於是我擠特別多的焦糖醬給麥先生，邊擠焦糖邊擠著笑說：「我記得您最喜歡吃焦糖醬了，多給您一些好不好？」此時對方一定是樂得順便應了我「今天搭個法式三明治還是帶塊起司蛋糕」的要求，而買下他本來不打算買的糕點。即使我說的是「帶盒新口味的蛋捲」或「我們昨天剛開始賣的週年特選咖啡豆非常受歡迎，很適合您的感覺。」他都會笑瞇瞇地說：「好啊，聽你的。」不到三分鐘，「麥先生」就變成「小麥」了。

那年，我有許多常常見面、招呼得極為熱絡的熟客，「小麥們」每個週末假日像是被催眠似地渴望來到「他的店」，帶朋友來在眾人面前向「他的店員」點杯「他的咖啡」和「他的早餐」，和享受「他的特別待遇」。不知道有沒有店員真和熟客成為朋友的，但那絕對不會發生在我身上，我只想讓他們從點中杯變成點大杯，從單點飲料變成搭配蛋糕或麵包，提高業績以換得店長幫我排會主動搬牛奶的夥伴一起上班——搬一箱箱裝著十二桶、一桶將近兩公斤的牛奶很容易扭到腰，三人一組的班表，總會有兩人以上避之唯恐不及。

某天，小麥三號突然送我一個禮物，怎麼也拒絕不了只得收下。當時寄居於朋友家，沒處放任何不實用的東西，所以拆了包裝發現用不到後，直接轉送在一旁稱讚的同事。隔天小麥三號在固定的時間來了，比平常更大聲眼神卻帶點扭捏地跟我打招呼。我帶著笑問：「大杯熱美式？」他的眼神透出一種鼓勵我繼續說點別的的意味，我於是又帶著笑說：「搭個肉桂捲好嗎？」隔週六一早他又來了，我笑著問：「今天喝大杯熱美式配燻雞麵包？」他露出希望我再多說點什麼的眼神。我立即又笑瞇瞇地說：「上個月買的豆子喝完了嗎？這批蘇門答臘特別好喝，帶一包回去喝喝看？」

後來小麥三號不曾在週末假日出現過。

同事某天上班時，「啊」了一聲，突然想到什麼的樣子，轉頭問我：

「你上次送我的那個台灣買不到，且發行量極少，幾乎是要靠關係才可能攔截得到。你真的就這樣送我？」我看似隨意地敷衍著：「真的啊。」心裡卻突然變得透亮——我終於明白小麥一號二號為什麼都不在假日出現了。

沒多久，我就隨意找個藉口辭職了。脫離店員身分之後，一覺醒來，我又重新變成了一個壞人。

當代名家·田威寧作品集1

# 寧視

2014年9月初版　　定價：新臺幣250元
2022年7月初版第三刷


| | |
|---|---|
| 著者 | 田威寧 |
| 叢書主編 | 胡金倫 |
| 封面設計 | 兒日 |

| | |
|---|---|
| 出版者 | 聯經出版事業股份有限公司 |
| 地址 | 新北市汐止區大同路一段369號1樓 |
| 叢書主編電話 | (02)86925588轉5305 |
| 台北聯經書房 | 台北市新生南路三段94號 |
| 電話 | (02)23620308 |
| 台中辦事處電話 | (04)22312023 |
| 台中電子信箱 | e-mail:linking2@ms42.hinet.net |
| 郵政劃撥帳戶 | 第0100559-3號 |
| 郵撥電話 | (02)23620308 |
| 印刷者 | 世和印製企業有限公司 |
| 總經銷 | 聯合發行股份有限公司 |
| 發行所 | 新北市新店區寶橋路235巷6弄6號 |
| 電話 | (02)29178022 |

| | |
|---|---|
| 副總編輯 | 陳逸華 |
| 總編輯 | 涂豐恩 |
| 總經理 | 陳芝宇 |
| 社長 | 羅國俊 |
| 發行人 | 林載爵 |

行政院新聞局出版事業登記證局版臺業字第0130號

本書如有缺頁，破損，倒裝請寄回台北聯經書房更換。　ISBN 978-957-08-4452-8 (平裝)
聯經網址 http://www.linkingbooks.com.tw
電子信箱 e-mail:linking@udngroup.com

國家圖書館出版品預行編目資料

寧視/田威寧著．初版．新北市．聯經．2014年9月
（民103年）．232面．14.8×21公分
（當代名家・田威寧作品集1）
ISBN 978-957-08-4452-8(平裝)
[2022年7月初版第三刷]

855 103016145